平安姫君の随筆がかり　一

清少納言と今めかしき中宮

遠藤 遼

JN051480

講談社
タイガ

イラスト——シライシユウコ
デザイン——長崎綾（next door design）

目次

春はあけぼの。
やうやう白くなりゆく、
山際少し明かりて、
紫だちたる雲の細くたなびきたる。

（春はあけぼのこそが美しいと思う。
夜が明けて徐々に白くなっていくうちに、
山際が少し明るくなって、
紫がかった雲が細くたなびいているのは、とてもすてき）

——清少納言《せいしょうなごん》『枕草子《まくらのそうし》』

序

「すまじきものは宮仕え」と亡き老父・清原元輔《きよはらのもとすけ》は、娘の諾子《なぎこ》によく言っていた。他人に仕えるのは気苦労が多く、上役や同僚に気兼ねしなければならないから、やめておいたほうがよい、という意味である。

その意見には賛成である。

だが、これほど屈折した意見も珍しいと思っていた。何しろこの言葉の前提は「宮仕えをしたことがある」というところにある。そこにはある種の優越感が存在していた。きちんと元服し、一定の学問や教養を身につけ、役人になって初めて言える台詞《せりふ》なのだ。

宮仕えしている自分をひけらかしつつ、宮仕えの苦労をやれやれと語っている。

「そういう父上だって、宮仕えをしているじゃない」

あまり飲めない酒をあおって、酒臭い息で元輔は頷《うなず》く。

「生きていくには働かねばならぬ。おまえたちを養うためにも。だから、わしは言いたいことを我慢し、禿《は》げ頭《あたま》に汗を浮かべて少しでもよい職にありつくべく努力してきた」

父の苦労がわからぬではないが、その言い方にはかちんときた。

「やめてよね。まるで私たちのためにやりたいことを我慢してきたみたいな言い方は」

そんな愚痴《ぐち》を言う暇があったら、さっさと自分のやりたいことをやってしまえと思う。

元輔が手酌《てじゃく》で酒を注ぎながら笑った。酒のせいで髭《ひげ》がつやつやと光っている。

「はっはっは。その通りぞ」と悪びれずに言う。「我慢して我慢して、主上《しゅじょう》の目にとまってやっと『万葉集《まんようしゅう》』の訓読や『後撰和歌集《ごせんわかしゅう》』の編纂《へんさん》の仕事にありついたときには、好き放題やってやったわ」

干した杯に酒を注いでやった。

「それは私が生まれる前のことでしょ?」

「泣く子も黙る梨壺《なしつぼ》の五人よ。それが人生の絶頂だったわい。あとは我慢我慢の宮仕え」

「そのせいで父上の髪はすっかり抜けてしまったわけね」

言い返す代わりに、酒にちょっとだけ口をつける。

「だから、おまえは宮仕えは無理だ」

諾子はふさふさの——多少くせのついてる——髪をいじりながら晴れやかに笑った。

「もちろん、後宮《こうきゅう》に出仕なんていたしませんわ」

この会話から七年後、諾子は清少納言という女房名で宮仕えの身となる。

どうしてこうなった。

「こちらの清涼殿《せいりょうでん》の北から北東にある殿舎《でんしゃ》の数々が後宮になります。清涼殿にもっとも近いのは弘徽殿《こきでん》で、その奥が中宮定子《ちゅうぐうていし》さまのましますのが登華殿《とうかでん》でございます」

出仕初日に案内役の女房がにこやかな表情で親切丁寧に説明してくれていた。それどころか、少し前進するたびに案内役の女房が替わり、すでに三人目である。どうやらこれがしきたりらしいと、あくびをしながら諾子あらため清少納言は耐えていた。

あくびは、袙 扇《あこめおうぎ》で口元を隠しているのでバレないはずだ。

袙扇は細長い檜《ひのき》の薄板をとじたもので、宮中で用いられた木の扇である檜扇《ひおうぎ》のうち、女子のものをそう称した。檜扇は恋の歌を書きつけてやりとりしたり、貴族の男が改まった場所で持つ笏《しゃく》と同じく、裏面に字を書いて備忘録にしたりする。袙扇も同様だが、美しく彩色して色糸を長く垂らしてあった。

清少納言の袙扇の絵柄《えがら》は、白木に鳳凰《ほうおう》である。

「こんな尊い内裏《だいり》でお勤めできるなんて夢みたいですわ」

と、あくびの合間に殊 勝《しゅしょう》なことは言っておく。

案内役の女房がにっこりした。

「主上のご威光、殿上人たちのまばゆさ、后《きさき》や女房たちのあでやかさに、私も出仕した最初の頃は胸ときめかせる毎日でした」

「わかりますわ」と清少納言はにこにこと目元に笑みを浮かべて相槌《あいづち》を打った。

年若い娘がきらきらしい世界に憧《あこが》れるのは道理だし、よいことだと思う——清少納言自身がこれっぽっちもそういう世界に憧れないだけで。

おかげでずいぶんいい年になってからの出仕になってしまった。二十八歳。もっとも、いい年になったから内裏のきらびやかさに興味を惹《ひ》かれなくなったのではない。

ときどきすれ違う女房女官《にょかん》には案内役の女房にならって会釈した。

彼女たちの反応はふたつに大きく分かれる。

きちんと清少納言にも挨拶《あいさつ》を返してくれる女房と、無視をする女房だ。

人がいないところで案内役の女房——おそらく清少納言より一回りは若い——になぜかと訊《き》いてみたら、声を潜めて答えが返ってきた。

「いま後宮では中宮定子さまと女御《にょうご》彰子《しょうし》さまが主上の寵《ちょう》を競っています。清少納言どのは中宮さま付きの女房。中宮派の女房からは親しげに挨拶されましょうが、女御派からは冷ややかに見られているのだと思います」

ちなみに、案内役の女房は後宮十二司《じゅうにし》と呼ばれる後宮を取り仕切る女官、しかもその中心である内侍司《ないしのつかさ》の一員だとかで、中宮派か女御派かで分類すると中立だそうだ。

面倒くさい……。ますます帰りたくなってきた。

父の元輔が赴任先で亡くなって三年。兄たちの稼ぎがいまいちなため、清少納言もとうとう働きに出るか、おとなしく誰かの妻として収まるかの選択になってげんなりしていたところへ、後宮からお呼びがかかった。

私の下で働かないか、と声をかけてくれたのは誰あろう、藤原《ふじわらの》定子。主上の后の第一位である中宮たる方であった。

はて、自分はさほどに目立っただろうか、それとも亡父が生前に何かやらかしたか、と首をひねったが、どちらにも心当たりはない。心当たりはないが、断るのはもってのほかだと周囲に押し上げられ、不承不承出仕したのである。

広大な内裏には少し心を動かされた。けれども、判で押したように同じ顔と同じ格好で出入りする役人や貴族たちを見ていたら、その感動は薄れた。もううんざりしていた。

案内役の女房が前を向いた途端、清少納言はため息をつく。

息が白い。枯れ葉が舞っていた。

もう冬だ。

壮大な宮殿に繰り広げられるは、身分とコネと愛想笑いの世界。

男たちの世界ならこれに権力闘争が加わり、女たちの後宮なら愛と嫉妬《しっと》が加わる。

寒々しい空気がもっと寒く感じられた。

どのみち自分が主上のお手つきになることもなし。なりたくもなし。

すまじきものは宮仕え。亡父は正しかった。

何でみんな同じ顔して、そのくせ窮屈そうにしているのだろう。

中宮定子がいるという登華殿についたら、またしても案内の女房が替わった。いまの女房と同年くらいの小柄《こがら》な女房だ。弁《べん》の将《しょう》と名乗った。

「もうお疲れではありませんか」と彼女が尋《たず》ねた。

表情がくるくる自然に変わる元気そうな娘で、悪くない。

「やっと普通に話せそうな方に会えてほっとしますわ」

と清少納言が一息つくと、弁の将がころころと笑う。

「中宮定子さまのところまでもう少しですから、がんばってください」

「ふふ。どうせ帰るにしても、せっかくだから、中宮さまのお顔を拝してから帰っても遅くないものね」

清少納言があけすけに言うと、さすがに弁の将は目を丸くした。

「今日はちょうど霜月《しもつき》の十五夜ですから、夜には甘い物も出ると思いますし」

「あら、そうなの。では、さらにもう少しがんばりましょう」

ふふ、と笑った弁の将が、何かを思い出したように付け加える。

「中宮さまはときどきお独《ひと》り言《ごと》を呟《つぶや》かれますけど、どうぞお気になさらないでください」

「独り言ですか」

「毒なんとか、とか何だとか。私もはっきり聞いたことがないので詳しくないのですけど」

「毒……」

後宮の頂点に立つ中宮が呟くには物騒《ぶっそう》な言葉だ。

何でそんなことを呟くのだろう。謎《なぞ》だ。

わからぬがゆえに、をかし。


よく掃除の行き届いた簀子《すのこ》を歩き、定子の御座所《おましどころ》に案内される。

「寒いでしょう。早く中に入って」

という声が聞こえた。若い声だ。定子は一回り近く年下だから、当人かもしれない。

格子が開けられ、頭を上げると中の空気が清少納言の顔を撫《な》でた。あたたかく、よい香りがする。不意に心の一部まで温まった気がした。

中には何人もの女房がいて、さまざまなしつらえがあった。あざやかな色の几帳《きちょう》、格調高い屏風《びょうぶ》、その黒さに吸い込まれてしまいそうなくらいに丁寧に塗られた漆塗りの文《ふ》机《づくえ》や唐櫃《からびつ》などが品よく並べられている。

奥にある青い畳は上質で、これもきちんと掃除が行き届いていた。

その上に、まるで人形のように微笑《ほほえ》んでいる小さな姫がいる。

それが中宮と呼ばれる藤原定子だった。

御座所の中は女たちだけだから、定子は顔を隠していない。色白できめの細かな肌は、やわらかそうな頬《ほお》の線を描いたのちに顎先《あごさき》できれいに収斂《しゅうれん》する。弓形に整った眉《まゆ》、長いまつげのまぶた、黒目がちで星のように輝く目、やや小ぶりな鼻さえもどこか愛嬌《あいきょう》がありながらも、清げで品があった。ふっくらした唇《くちびる》は桃色で、この冬のさなかにあって春の温かさと喜びを思い出させる。長い髪はしっとりとしていてまさに黒絹の如《ごと》し。

中宮定子と目があったと思ったのは、気のせいだろうか。

定子の父は美男子でならした藤原道隆《みちたか》。母は女性の身ながら本格漢詩人として有名な高《たか》階貴子《しなのきし》。そのふたりのきらびやかなところをすべて集めて生まれてきたのが定子だ、というのはまったくその通りだと思った。

風が冷たい、と小声で年かさの女房が文句を言った。早く閉めろというのだろう。

「失礼しました」と清少納言が素直に頭を下げる。「大切な中宮さまがお風邪を召しては一大事ですものね」

年かさの女房の顔が強張《こわば》る。別の女房の誰かが小さく笑うのが聞こえた。

再び格子が閉じられ、間《ま》の空気の動きが止まる。

「今日からここで働いてもらう清少納言ですね。最初のうちはわからないことも多いでしょうが、弁の将や他《ほか》の者たちから教わるとよいでしょう」

と、定子が直接に声をかけてくれた。やわらかく、あたたかく、それでいてかわいらしい。若さ特有の、たっぷり空気を含んだような音色だった。鈴を転がすような声とはこういう声だろうか。ずっと聞いていたい。

「せっかく中宮さまが声をかけてくださり出仕を許されたのですから、きちんとお勤めに励《はげ》むように」と、間の真ん中あたりにいた年下っぽい女房が口を挟んだ。

「はい」と指をつく。「主上と、他の誰でもない中宮さまの御ために」

年下の先輩女房がかすかに鼻白んだ顔になる。彼女が何か言おうとする前に上座の定子が笑い声を上げた。

「心強く思います。陰陽師《おんみょうじ》によればあなたの出仕始めにはとてもよい日だそうですから」

透明感のある声が、再び清少納言の耳朶《じだ》に触れた。

「恐れ入ります」

わざわざそのような占いまで立ててくれていたのかと思うと、申し訳なく感じると共に、ますます首を傾《かし》げたくなる。

中宮定子は、なぜ自分を女房として呼んだのだろうか、と。

「しかも今日は一月遅れの三五明月ですし」

ふんわりと夢見るように定子が独り呟いた。その呟きに、清少納言はふと耳を疑った。さんごめいげつ、といま言ったのだろうか……。

弁の将からおかしな言葉を口走る中宮さまだとは聞いていたが、いまの言葉もおかしな言葉である。

どういう意味だろう。謎だ。

それゆえに――をかしである。

だがそれは、中宮の最側近に控《ひか》える年かさの女房、中納言《ちゅうなごん》の言葉でかき消された。

「それでは清少納言、がんばってくださいね」

小柄で頰のふっくらした中納言がそう言うと、先ほどまで微笑んでいた定子が違う表情を見せた。ごく平静な、中宮の顔だった。黙然と諦念《ていねん》したかのような平静さだった。

清少納言は深く礼をする。

冬の寒さの中、頭と心が熱くなり始めた。

中宮定子の何かをあきらめている表情が気持ちに刺さってしまっている。

先ほどの妙な言葉、定子のあの表情――これらの謎を解き明かすまでくらいは、後宮にとどまってもいいだろう。

宮仕えの二日目。定子の独り言について、弁の将に訊いてみた。

「中宮さまの独り言、ですか」

「そう。弁の将、言ってましたよね。毒とか何とか」

ああ、と弁の将が思い出す。

「『毒なんとか』以外にも『煩瑣《はんさ》』だったか『検査』、だったかな。私は中宮さまのお近くで聞いたことがないので、よくわからないのですけど。でも、みんな知ってます」

「どくなんとか、はんさ、あるいはけんさ……」と、清少納言が右手を口元にあてて考え込んだ。毒なんてあまりよい言葉ではないと思う。「誰ならきちんと聞いているかしら」

清少納言が尋ねると弁の将は頭を抱《かか》えた。

「中宮さまのお側《そば》には、最古参の女房の中納言さまがいつもいらっしゃいますけど」

「ああ、ちょっとふっくらしたお年の方ね」昨日もいた。

「ええ。でも中納言さまもはっきりとは聞いてらっしゃらないかもしれません。『検査』とか『毒』とかいう言葉は、中納言さまからお伺いしましたから」

清少納言は弁の将の前に回り込み、両肩を揺するようにした。

「表情。その言葉をおっしゃったときの中宮さまのご表情については聞いてない？」

あの諦念の顔か、それとも別の顔だったのか。弁の将が狼狽《うろた》える。

「そ、そんな急に言われても……うーん。ちょっとつまんなそうだったり、微笑まれながらだったり、と聞いています」

「中納言さまはその独り言をどう受け止めてらっしゃるの？」

「そうですね……。別に何とも」

「何とも？」

「ええ。女童《めのわらわ》が物を欲しがるみたいに独り言をおっしゃる、と笑ってらっしゃいました」

清少納言は考え込んでしまった。検査はともかく、毒という言葉に「女童が物を欲しがるみたいに」とは片づけられないのではないか。

どくなんとか、というのが本当に何かの毒を求めていたのなら、笑っては済まされない。なぜ周りは無視しているのだろう。

「中納言さまって……ぼけてる？」

弁の将が真っ青になった。「な、何を言ってるんですか。そんなわけないでしょう」

「お仕えする主が『毒』とか言ってたら、笑って済むわけないでしょ」

「それはそうなんですけど……うーん。じゃあ、毒じゃなかったのかな。もうこの年では難しいことがわからない、そんな響きの言葉をおっしゃってたって言ってたから」

「やっぱり年なんじゃない」と苦々しくため息をついた。「まいったな。中納言さまっていつも中宮さまの隣にいるから、直《じか》に聞きに行くわけにもいかないし」

可能なら中納言よりも中宮に直接聞いてしまいたい。けれども、昨日出仕したばかりの身で、ずけずけと中宮に物を尋ねるわけにはいかないくらいの分別はある。

せめて、中宮の方から清少納言に物を尋ねる瞬間があれば――。

「おしゃべりはこのくらいにして、仕事に戻りませんか？」と弁の将が声をかけてくる。

残った紅葉がはらはらと散っていた。

清少納言はその葉を見ながら考える。いくつもの可能性を考える。

けれども、いまは謎解《なぞと》きに手が届きそうで届かない。

「よし」と清少納言が顔を上げた。「そちらの独り言は保留。当日いただいた独り言を片づけてからにしよう。――というわけで、弁の将、私にがんがん仕事を教えて」

弁の将がほっとした表情を見せる。

だが、弁の将の受け止め方は甘かった。

清少納言はいち早く仕事を覚えて、自分の自由の範囲を一気に広げたかったのだ。

彼女は急激に宮仕えの知識と活動場所を広げていった。

後宮だけでは間に合わず、内裏全体へ、内裏の外の主要役所である八省へ。

同時に協力者とそうでない者を清少納言は見極めていた。

味方には自分もとことん尽くすが、理由なく見下してくれた相手にはきっちり倍返しをしてやろう――どうやらこれが清少納言の信念らしいと、弁の将は後悔と共にさっそく目の当たりにしてしまうことになる……。


ある日、朝廷の職務全般を司《つかさど》る中務省《なかつかさしょう》管轄の図書寮《ずしょりょう》へ、清少納言は乗り込んだ。

「たぶん、ここなら見つかるわ」と意気揚々と書棚を探っている。

「あのぉ、書物なら後宮の書司《しょし》のところでもよかったのでは……」

弁の将が袙扇でがっちり顔を隠しながらおどおどしていた。いろいろな人に教えを乞《こ》うた結果、弁の将がいちばんきちんと教えてくれることがわかり、清少納言は弁の将を常に同行させていた。

「書司になかったからここに来たのよ」

「できれば私を巻き込んではほしくはないのですが……ちなみに何がなかったんですか」

「お目当ての本」

と清少納言は軽く顔を隠したまま、片手で次々と書物を確認していった。弁の将の言葉の前半は完全に無視だ。隣で弁の将が「そうでしょうけどっ」と何かを訴えている。

捜していた書物は割と簡単に見つかった。そのまま本をめくり、ある場所を探す。

「——あったわ。あった、あった。これで中宮さまに——」

清少納言は目当ての箇所を見つけ、会心の笑みを浮かべた。

そのときだった。静かな図書寮が不意にざわざわし始めた。

ざわめきの中心になっている人だかりに弁の将が目を向ける。

「ひっ。どうしてこんなところに」と様子を見た弁の将が息をのみ、袙扇を構え直した。

「どうしたの?」

「あ、あそこ。藤原道長《みちなが》さまがいらっしゃいますよ。あの背の高い男の方」

清少納言はそちらに目を向ける。探すまでもなかった。周囲の者たちより頭ひとつ背が高い男がいる。つやつやと血色がよく、ついでに自信が野心となって溢《あふ》れている男だ。ここまで匂《にお》ってくるようだ。

現在、右大臣《うだいじん》。血縁関係では中宮定子の父・道隆の異母弟に当たる。政治的には自らも娘の藤原彰子を女御として入内《じゅだい》させて、明らかに道隆・定子と対立している。

「なるほど。あいつが中宮さまの敵か」と清少納言が割り切った。もちろん誰にも聞こえない程度の大きさの声である。書物に目を戻すと、弁の将が衣裳《いしょう》を揺すった。

「挨拶。せめて挨拶くらいしないと！」

「ごめん。私、書物に忙しい」

「……右大臣さまを無視するって、嘘《うそ》でしょ」

「物事には優先順位があるのだから、多少の犠牲はやむを得ない」

そう決めた清少納言は、書物に戻る。いま気になるのは『文選《もんぜん》』という漢籍だ。

ほどなくして『文選』に影が差した。同時に衣裳が激しく揺さぶられる。

「何？」と顔を上げると、側に道長の精悍《せいかん》な顔があった。

「これはこれは。図書寮で漢籍を読《よ》み耽《ふけ》る女房とは珍しい。中宮さまのところへ一風変わった女房が入ったと聞いたが、おぬしのことかな」

仕方なく優雅に微笑む。

「本は読むためにあるもの。それを読むのが男だ女だといちいち珍しがるとは、一風変わった大臣ですこと」

道長は一瞬険《けわ》しい目つきになったが、豪快に笑ってみせた。

「はっはっは。この右大臣道長、これは一本取られたわ。たしかに本は誰かが読むものだな。それほど熱心に本を見ているとは何か捜し物かな。力になるぞ」

豪傑ぶりを示そうとしたのだろうが、まったく感銘を受けない。

「力になっていただけますか」

「何なりと」

すると清少納言は小春日和のようないい笑顔になった。

「そこをどいてください。陰《かげ》になって文字が読みにくいので」

そのまま書物に目を落とす。『文選』を覆っていた道長の影はかすかに揺れて、しばらくしてどいた。どうも、と清少納言は口の中で呟く。

顔は下げたまま目だけ動かすと、道長の後ろにひとりの女房が見えた。

藤色《ふじいろ》の唐衣《からぎぬ》の十二単《じゅうにひとえ》。長くつややかな髪は美しく、清少納言は自分のくせっ毛と引き比べようとしてやめた。男たちの間にあって肩身狭そうに祖扇を使っているが、涼しげというよりも怜悧《れいり》な美貌《びぼう》の持ち主だろうと推測はつく。

「まったく。うちのところにも教養高い紫式部《むらさきしきぶ》という女房がいるが、おぬしのような跳ねっ返りでなくてよかった。なあ、紫式部よ」

と道長が声をかけた。紫式部はますます小さくなっている。

「いえ、私、そのようなことは……」

「ははは。謙遜《けんそん》するな。この都でおぬしが『源氏物語《げんじものがたり》』の作者で、主上からも褒められ日本紀《にほんぎ》の御局《みつぼね》と噂《うわさ》されていると知らぬ者はおらぬよ」そこで道長はあらためて清少納言に目を向けた。「おぬしもその才を縦横無尽に生かしたいなら、この道長が力になれると思うぞ。紫式部のように活躍してみたくはないか？　清少納言」

名乗らずともこちらの名は知っていたか。それはいい。だが別のところで、清少納言はかちんときた。道長という男と──『源氏物語』という、あれだけの巨大な物語を創造していながら、その背後に隠れるようにしているだけの紫式部に。

道長には単純な侮蔑《ぶべつ》の思いしかないが、紫式部にはもう少し複雑な気持ちがあった。なぜ紫式部は身を縮こまらせるのか。女だからか。権力者の前だからか。内裏よりも巨大な物語世界を創《つく》った人間なら、もっと日の下で堂々と振る舞え。『源氏物語』の根底にはもののあはれが流れているが、これでは紫式部が哀《あわ》れであり、憐《あわ》れだ。

清少納言は書物を閉じ、極上の笑顔を作った。

「まことに恐れながら、わたくし、すでに器量にすぐれた主人に仕えていますのでお断り申し上げますわ」

道長の目が据わった。唇が歪《ゆが》む。

中宮は血縁的には道長の姪《めい》だが、主上にもっとも近い后であり、下手に反論できまい。

「……くく。この右大臣、臣下の身ゆえに中宮さまに器が劣《おと》るのは仕方のないこと。だからこそ、こうして図書寮に来てさまざまな書物を読み、書き留めて学ぶつもりだ」

そう言って道長も手近な漢籍を手に取った。『史記《しき》』の一冊だ。

清少納言は道長だけに聞こえるように小さく笑った。

「うふふ。立派な枕《まくら》ですこと」

道長の頰にさっと朱が差す。道長は踵《きびす》を返《かえ》すと足早に図書寮を出ていった。その拍子《ひょうし》に何冊かの書籍が落ちるがお構いなしだ。紫式部ほか道長の取り巻きも続く。

「せ、清少納言……」と弁の将が真っ青な顔で名を呼んだ。「右大臣さまに何したの」

「あら、聞こえた？　弁の将こそ何を青くなっているのよ。私たちの主人は中宮さま。中宮さまさえお幸せで笑顔であれば、私たちの大勝利。宮仕えってそういうものでしょ？

他の連中の顔色なんて知ったものですか」

「あなたって人は……」

「主上は天照大神《あまてらすおおみかみ》さまのご子孫。この国は女神が主宰神なのよ。それにしても、貴重な書物を落としたまま出ていくなんて、教養ある人間のする態度ではないわ」

と、清少納言が落ちた書籍を拾う。『史記』以外にも落ちている。

「また難しそうな本ですね。私、たぶん無理です」と弁の将が勝手に音《ね》を上げた。

「唐《とう》の白居易《はくきょい》の漢詩集『白氏文集《はくしもんじゅう》』全七十五巻の一冊よ」

「ずいぶんたくさんの漢詩を書いたんですね」と弁の将が真面目《まじめ》な顔をしている。

「ふふ。そうね。かなり高官にまで昇進もしたけど、左遷の憂き目にも遭ったみたい。白居易の『長恨歌《ちょうごんか》』は、さっきこそこそしてた紫式部の『源氏物語』第一帖《だいいちじょう》『桐壺《きりつぼ》』の着想元のひとつだし」

「へー。そういう元があるんですね」

「ま、『源氏物語』はもう別物ね」

「ほー。清少納言は物知りなんですね」

「ありがとう。でも、このくらいは女のたしなみよ？　ちなみに、白居易の『居易』という名は、君子は無理をせず天命を待つという『礼記《らいき》』の一節から取ったもの。膨大な漢詩は白居易が自分で諷諭《ふうゆ》、閑適、感傷、雑律の四つに分けて……」

突然、清少納言が言葉を切って立ち尽くした。

「どうかしましたか？」と弁の将が覗《のぞ》き込《こ》む。

「道長、よくやった。よくぞ白居易を落としてくれた」

「え？　え？」

「けれど、まずは『文選』。——三五明月」と清少納言が呟いた。

「何ですか、それは」

「私が出仕した日に中宮さまがおっしゃった——私に問いかけた謎よ」

「その答えを探していたとでも言うのですか」

そうよ、と清少納言が頷くと、弁の将が深い深いため息をついた。

「それでわかったのですか。答え。へー、そっかぁ。中宮さまはときどき妙なことを口走る方ですが、答えがあったんですね」

すると清少納言が伏し目がちにこう言った。

「菫《すみれ》になれと言われ続ける桜は、きっと悲しいでしょうね」

白居易を戻すと、振り返りもせずに図書寮を出る。弁の将が小走りに続いた。

「え?」

「……何でもないわ。さ、中宮さまのところへ行こう」


図書寮を出た清少納言たちは後宮の登華殿へ戻る。

弁の将は歩きながら嘆いていた。

「それにしても、道長さまにあんなふうにけんかを売らなくても……」

「右大臣ごとき何するものぞ。道長って私と同い年でしょ? 言われたから言い返した。

陰になったからどけと言った。それだけじゃない」

「しかも呼び捨てにして」

「いいじゃない。もう後宮に帰ってきたんだから」そこでふと清少納言はくせっ毛をくるくるしながら唇を突き出すようにしていた。「あー、でもあいつに会えたおかげで宮仕えがもうちょっぴりおもしろそうになってきたから、少しは感謝しないといけないのかな」

登華殿の簀子を歩きながらそう言うと、弁の将が卒倒しそうな顔をしている。

「お願いです、清少納言。私には刺激が強すぎます。最後の『枕』ってあれはさすがにひどすぎませんか。漢籍なんてまともに読まないで枕代わりでしょって意味ですよね？」

清少納言はにやりと口の両端を持ち上げた。

「道長にはそう思わせたかったけど、弁の将もそう受け取ったんだ」

「他にどんな受け止め方があるのですか」

清少納言は答えずに、そのまま歩き続ける。定子の御座所に向かっていた。

そのときだ。向こうから定子が歩いてくるのが見えた。手には一冊の本を持っている。

清少納言と弁の将は簀子の端《はし》に寄って、座って礼をした。

定子が儚《はかな》げな表情をしている。

「ああ、清少納言。こんなものが突然、道長さまからあなた宛《あて》に届いたのだけど」

定子は手にしていた本を清少納言に見せた。表紙も中も白紙だが、厚みがある。それこそ枕にしたら気持ちよさそうなくらいに。さっきのいままで、手早くこのような物を送りつけてくるのがおかしかった。

しかし、その件には触れず、清少納言は周りに人がいないのを確かめる。

「中宮さま、その前にこの清少納言、謝罪と感謝の言葉を申し上げたく存じます」

定子が不思議そうに小首を傾げた。

「何かありましたか？」

「私が出仕した日のことです。中宮さまは私の出仕日を占ってくださった、と」

「ええ。ちょうど十五夜になってよかったわ」

「いまおっしゃった『十五夜』、あの折には中宮さまは『三五明月』とおっしゃいました」

すると、定子がすっと目を細めた。

「…………」

「『文選』にあります。『三五明月満ち、四五蟾兎《せんと》欠《か》く』。三五は三かける五で十五、同じく四五は四かける五で二十。――即《すなわ》ち、《十五夜には満月となり、二十日に月欠ける》」

定子は静かに清少納言の目を見つめる。

「そこまでわかったのなら……私はなぜ『一月遅れ』と言ったの？」

「いま私があげた漢詩は孟冬《もうとう》、つまり神無月《かんなづき》の漢詩だからです。――霜月の満月に出仕の日をご準備くださり、まことにありがとうございました」

中宮は不意にまつげの長い目尻《めじり》に涙をためた。

「清少納言……」

定子の母は男顔負けの漢詩人の高階貴子だ。その薫陶を受けて育った定子にも漢詩の教養が染《し》みついていただろう。それこそ溢れんばかりに。けれども、この時代、漢籍に明るい教養を身につけた女性はむしろ敬遠されるきらいがあった。漢籍を手に取っているだけで「一風変わった女房」と揶揄《やゆ》した道長の言葉は、この時代の代表的な見方なのだ。

母の高階貴子がせっかくそんな世間に風穴を開けたのに、後宮の奥で中宮として座っていることしかできなかった定子。漢詩の教養などいらないとばかりの空気に、自らの知識も教養も知的好奇心もただの独り言にするしかなく、話をする相手もいない定子。可憐《かれん》であるのに、その内側の想《おも》いの血潮は凍《い》てつき、氷の華と化すしかなかった定子――。

そのせめてもの反抗が、時折発される不思議な言葉の正体だと清少納言は考えたのだ。御前《ごぜん》にいるだけで身内が震えるような想いが突き上げる。この方のために、後の世のまだ見ぬ第二第三の定子のために、この世の仕組みを変えてみせよう。いとをかしである。

「本当はあの日、私は中宮さまのお言葉がひっかかったのです。けれども、実際に今日『文選』に当たるまでお礼を申し上げるのが遅れましたこと、お許しください」

「許すも何も――その謎解き、いとをかし」

顔を上げれば、定子が清少納言を見下ろしている。涙は定子の目尻で揺れていた。

「中宮さま……」

定子はそっと袖《そで》で涙を拭《ぬぐ》い、あらためて本を清少納言に渡した。

「では、清少納言よ。この白紙の本の謎を何と見ますか」

恭しく受け取った清少納言はそのまま定子に返す。

「枕です」

背後で、「え⁉　また⁉」と弁の将が声を上げた。

定子は清少納言にその白紙の本を再び手渡す。

「それでは清少納言の枕になさい。それと、これからは漢籍に当たらずとも、自らの知識と直感を信じること」

ありがとうございます、と清少納言が礼を述べると定子は間に戻っていく。心なしかその歩みは軽やかになったように見えた。

かくして、宮仕え早々にして清少納言の名は後宮、内裏、大内裏へ一挙に広まった。

曰《いわ》く、「道長を祖扇でひっぱたいた女房」「右大臣を足蹴《あしげ》にした女」「中宮のお気に入り」「道長にけんかを売った女房」――。

虚実入り混じる噂を天女の衣のように軽やかに纏《まと》い、清少納言はめきめきと頭角を現していった。

そんなある日のことである……。

第一章　香炉峰《こうろほう》の雪

都の冬は寒い。盆地の地形に北風が容赦なく吹きつけた。内裏は都の北方にあり、さらに清少納言が仕える中宮定子に与えられた登華殿という殿舎の場所は内裏の北辺。北の中の北。比叡《ひえい》おろしがびゅうびゅう吹いてくる。

雪が降っていた。

返す返すも寒い。実家にいれば火桶《ひおけ》にかじりついて御座所《おましどころ》の暖かいところから絶対に動かないのに。でも、ここにいる十五人ほどの定子付きの女房たちの中で、最近有名になっているとはいえ——有名になっているからこそ——新参者である清少納言は間《ま》の隅《すみ》っこ、隙間風《すきまかぜ》の入るあたりで縮こまっていた。

火桶などというものは中宮定子の側か、大先輩の女房たちの近くにしかない。寒さに歯の根が合わない。隣の年下の先輩女房が見下すような目をした。そのくせ自分だって寒さに震えている。もっと正直になればいいのに。

そのとき、きんと冷えた冬の空気を貫《つらぬ》いて、鈴の音のように清げな声が聞こえた。

「ふふふ。中納言は、をかしき話をするのね」

定子だ。十七歳という若さは冬の寒さにも頬を桃色に染めて微笑むことができた。

お美しい、と清少納言は思う。

けれども、その瞳《ひとみ》だけが冬の寒さに凍《こお》りついているようだった。

先日の簀子でのやりとりはあくまでも定子と清少納言の交流でしかない。何とか定子の本心をみなに知ってもらいたい。まずはそこからだ……。

定子は上品で、美しい。

清少納言は長さはあるもののくせっ毛でやや茶色がかった自分の髪や、色白ではあるものの猫のようにつり気味な目と眉などを引き比べては、自分が末席とはいえ女房らに連なっているのが場違いな気がしてくる。

定子が美しいのは顔だけではない。衣裳も美しい。定子が好きだという紅梅色《こうばいいろ》の小袿《こうちぎ》を固紋《かたもん》と浮紋《うきもん》の二枚纏い、その下に濃い紅の打衣《うちぎぬ》を三重に着ている。紅梅色の衣裳はただ引き重ねているだけのようにさりげなく着ているのが、何ともすてきだった。

けれどもその美しさゆえに、清少納言には一抹のさみしさが感じられる。

間《ま》の中の、もっとも高い座に座っている定子。入内し、その小さな身体《からだ》で女たちの嫉妬と情念の大波を泳ぎ切り、主上の寵愛《ちょうあい》を一身に受けよとの親兄弟の期待を背負って生きているのだ。おかわいそうに。小柄な身体を冬の寒さから守る何枚もの衣裳が、まるで後宮という戦場で戦う甲冑《かっちゅう》のように清少納言には見えた。

外は雪が降り続いている。

下ろした格子にも雪がつき、寒気が沁《し》みてくるようだった。

清少納言のいる下座には火桶の熱は届かないうえに、みな体面を重んじるおかげでごしごしと手をこすって温めることもしていない。せいぜい身を寄せ合い、声を潜めて話をするだけだった。これではしもやけになってしまう。清少納言が赤くなった両手をすりあわせようと、意を決したときだった。


「清少納言よ。香炉峰の雪はどうであろう」


座が静まった。

中宮定子が鈴の音のような声でそう清少納言に問うたからだ。

その瞬間から清少納言の頭が急速に回転し始めた。

これぞ、あの方の人となりを真実、知らしめる千載一遇の好機――!

一瞬の間を置いて、御座所がざわついた。

「清少納言? またあの末席の者が」

「香炉峰というのは、どこの山だったかしら?」

そして――。

「中宮さまのご下命だなんて――!」

周囲のざわめきが清少納言の意識を戻す。

聞き違いではない。思い違いではない。

中宮定子が自分の名前を呼んだのだ。

間《ま》の端から、遥《はる》か遠くの上座にいる定子が、まっすぐこちらを見ている。表情は、遠すぎてよくわからない。そんな距離でも自分を見つけ、名を呼んでくださったのだ。

遠くの定子が小首をかわいらしく傾げた。催促しているのだ。

その瞳はこう言っていた。

「あなたは、わかってくださるのでしょ?」と。

「香炉峰、どこかで聞いた気はするのですが。無茶ぶりにもほどがあるわ……」と清少納言の側で弁の将が嘆いている。

けれども、私ならわかる。これは中宮さまから私への挑戦でもあるのだから。

「その謎――いとをかし」

清少納言は猫のように瞳を輝かせた。夢見るように口角を持ち上げて唇を舌で濡《ぬ》らす。

春のあでやかさ、夏の猛々《たけだけ》しさ、秋のさみしさ、冬の厳しさ……。

どうして「そう」なのだろう。

世界は美しさではち切れそうで、最高ではないか。

それを人がいじくって傷つけるのではなく、あるがままに愛して抱きしめたい。

だから、後宮なんてところで縛られたくなかったのだけど、心をがんじがらめにさせて耐えている定子を見たら、清少納言も戦うしかないだろう。

出しゃばり上等。悪口言いたい方はどうぞご自由に。

けれども、お美しい中宮さまの心に蓋《ふた》するようなヤツは許さない。

中宮さまは私のためにこのように謎を問いかけられたのだ。

しかも、先日、中宮さまはこう言った。自分の知識と直感を信じろ、と。

いとをかし――。

水かさを増した鴨川《かもがわ》のような知識と教養の奔流が、清少納言の頭の中に流れ込む。寒さで冷え切った身体に反して、頭が一気に熱を持った。

幼《おさな》い日から学んできた詩や歌や無数の教養を、頭の中でもう一度反芻《はんすう》する。

その無尽の知識の中で、ひとつの漢詩が浮かび上がった。

周りの目なんて、どうでもいい。定子のあの瞳に応《こた》えるのだ。寒い冬のようなあきらめの心を破って、中宮さまに心から世界を楽しんでいただくために。

ものを知らない連中に、中宮さまを枯れさせてなるものですか。

相変わらず睨《にら》むことしかできない女房たちのひとりに、清少納言は閉じたままの衵扇を突きつけた。

「兵衛《ひょうえ》さま。中宮さまがおっしゃった香炉峰は本朝《ほんちょう》のどちらかご存じでしょうか?」

清少納言に兵衛と呼ばれた女房が目を泳がせる。

「そ、そんなこと……知らないわよ」

「ありがとうございます。知らない。それが普通です。だって、香炉峰って本朝の山ではございませんから」

「本朝ではない?」

「ええ」と清少納言は悠然と。「香炉峰とは唐にある山です」

その間も雪風が局に吹き込んでいる。だが清少納言は無視していた。

「え? じゃあ、中宮さまは唐にある山の雪の様子をお尋ねになったの?」

と、弁の将が思わず言葉を発した。

清少納言はひらりと唐衣を翻《ひるがえ》す。

「そうよ」

重々しい十二単が清少納言にかかると羽衣《はごろも》のように軽やかだった。野に遊ぶ女童のように自在なのだ。

女房たちがざわついた。中には「中宮さまもお人が悪い」と、苦笑している者もいる。

「たしかにぱっと見は無茶苦茶な質問よ? でも、中宮さまのお言葉をもう一度振り返ってみて」

あ、と弁の将が口に手をあてた。

「中宮さまは『香炉峰の雪はどうであろう』とおっしゃった……」

清少納言はにっこり笑う。

「正解よ。弁の将。中宮さまはただの一言も『香炉峰を見てこい』とはおっしゃってない」

「どう違うんですの」と、先ほどの兵衛が側の女房と首を傾げている。

「だって、直接見にいかなくていいんですよ？」と弁の将が言うが、兵衛は納得しない。

「雪がどうかを報告するためには見にいくしかないではありませんか」

そのやりとりを清少納言がおかしげに見ていた。

「そう。『見にいけない場所の様子をどのようにご報告するか』――そこがこの中宮さまの問いかけの要点」

そんなのただの言葉遊びだ、意味のないやりとりだ、と古い女房が眉をひそめ、聞こえるか聞こえないかの声で中傷する。小さな声の悪口の痛みは、ときに大声の叱責《しっせき》よりつらい。清少納言は微笑みの裏で奥歯を嚙《か》みしめた。定子はこの痛みに耐えてきたのだから。

座のいと高いところから上品で清げな定子の声がする。

「清少納言、続けなさい」

はい、と清少納言が説明を再開する。

「『香炉峰の雪はどうであろう』——つまり、香炉峰の雪の様子を確かめればいいのよ」

「だからそれには——」と兵衛が口を挟んできたところ、清少納言が閉じた衵扇を再び突きつけた。

「白居易という方をご存じ？」

「白居易？」

清少納言は軽く目を閉じて、漢詩を諳《そら》んじた。

日高く睡《ねむ》り足りて猶《な》ほ起くるに慵《ものう》し
小閣《しょうかく》に衾《ふすま》を重ねて寒さを怕《おそ》れず
遺愛寺《いあいじ》の鐘は枕を欹《そばだ》てて聴き
香炉峰の雪は簾《すだれ》を撥《かか》げて看《み》る

清少納言は目を開いた。

「本当はもっと長い漢詩なんだけどね。意味は、《日が高くなるまでたっぷり寝たはずなのに起きたくない。小さな家で衾を重ねているから寒さは心配ない。遺愛寺の鐘は枕を高くして聞き、香炉峰の雪は簾を撥《は》ね上《あ》げて見る》」

いま語った内容が他の女房たちに沁み渡っていくのを見て、清少納言が言った。

「さあ、みなさま方――『香炉峰の雪はどうであろう』」

それは問いではなく、清少納言の高らかな勝利の宣言。

「そうか。いまの漢詩の通り、香炉峰の雪の様子を確かめるには――」

という弁の将の呟きに、清少納言は極上の笑みで応えた。

清少納言は一礼すると、手近な格子と御簾《みす》を上げる。


「香炉峰の雪は簾を撥ね上げて見よ」


手を切るほどの冷気が局にどっと流れ込む。上げかけの御簾が揺れた。

「何てことをするの」と周りの女房どもが非難の目を向ける。

彼女はその目を無視し、「そぉれ！」とさらに御簾を勢いよく巻き上げていった。

風に翻弄《ほんろう》されながら降り続けていた雪が室内に吹き込む――。

多くの女房が嫌悪の眼差《まなざ》しを無遠慮に清少納言に投げつける中、定子が手を叩《たた》いた。

「『簾を撥げて看』ればよい。ふふ。その謎解き――いとをかし」

と定子の瞳がかすかに笑っていた。雪のさなかに桃の花がほころんだようだ。

「もったいないお言葉でございます」

清少納言が恭しくひれ伏した。

いくら定子が中宮としての権力を振るっても、この都から唐の香炉峰の雪の様子はわからない。しかし、清少納言が引用した白居易の詩にはその見方が示されている。

「簾を撥げて看る」と。

無駄な権力の濫用ではなく、豊かな教養こそが万里の波頭を越えて唐の山をも見通す力になるのだ。

「清少納言のその機転、いとをかし。——清少納言、ご苦労さまでした」

と定子が静かな表情に戻って清少納言を褒めた。だが、清少納言は頭を振る。

「いいえ。恐れながら、私の話はまだ終わっていません」

「え？」

清少納言の言葉に、女房たちだけではなく定子も不思議そうにした。

「中宮さまがこのように呟かれるのは今回に限ったことではありません。私の出仕の日にも『一月遅れの三五明月』と呟かれた。それも『文選』——漢詩の教養があればわかったことです。他にもこのようなことはたびたびあったとか。けれどもそれをあなたたちは聞き逃してきた。——なぜですか」

「だって、私たち女房たちには漢詩の教養なんて簡単なもの以外必要ありませんもの」

そう反論したのは先ほどの兵衛だった。よくぞ食いついてきてくれた。清少納言は内心で欣喜《きんき》した。――食いついてきたなら、叩きのめしてあげられる。

「たしかに普通の女房ならそれで済むでしょう。しかし、私たちが仕えている主は、漢詩も歌も古今の教養に溢れた中宮さまであられる。ならば主のため、自らも教養を身につける努力をする人間がもっといてもいいのではないでしょうか。それでも、あなたはこう言うのでしょうか。『女に漢詩の教養は必要ない』と。それは他ならぬ、われらがお仕えする中宮さまを否定することになる」

「…………」兵衛たちは無言で睨んでいる。

定子はじっと目をつぶって聞いていた。

「中宮さまは絶世の美男子と言われた藤原道隆さまと、本格派の女流漢詩人・高階貴子さまのよいところを集めて生まれた、輝くばかりの姫君。ただ、それゆえにあえて申し上げますが、母上譲りの才能のきらめきを『今めかしい』と陰口《かげぐち》を叩かれる、小さな姫君でもあられる。その姫を守るのがわれらの仕事でこそあれ、その輝きを押しつぶす手助けはわれら女房の仕事ではないはずでしょう」

才能は隠せない。泉の水のようにいったん大地に潜っても、どこかで必ず湧《わ》き出《だ》してくる。春に桜が咲くように。秋に菊が咲くように。天の経綸《けいりん》はくらまされない。一介の中級貴族の娘に過ぎぬ清少納言も――中宮定子も。

定子は、女はおろか男たちをも見下ろせるほどの豊かな教養を持ちながら気の利いたやりとりを誰ともできず、首を引っ込め、色とりどりの衣裳に本心を隠して耐えていたのだ。

否。

戦っているのだ。

「今めかしい」という褒め言葉にもけなし言葉にもなる曖昧《あいまい》な評価を受けながら、自身の知識と教養の意義と自身の尊厳をかけて、定子は戦っているのだった。

清少納言は続けた。

「『けんさ』とか『どくなんとか』とか、中宮さまの独り言とおぼしき言葉を聞いた方はいるでしょう。しかし、その本当の意味を尋ねた方がいらっしゃいましょうか」

「………」

返事がないのを確かめて、清少納言は閉じたままの衵扇を笏のように構えた。

「中宮さまがおっしゃっていたのは、おそらく『兼済』と『独善』」

「けんさい、どくぜん?」と弁の将が首を傾げる。

定子が小さく唇を噛んでいた。その反応に清少納言は自分の正しさを確信する。

「先ほどから話題の白居易が、自分の詩を四つに分け、そのうち、諷諭の詩には兼済の志で書き、閑適の詩には独善の義を詠み込《こ》んだとされているの」

「これも漢詩の知識で——」と弁の将が口を押さえていた。

「問題はその意味よ」と清少納言は表情を厳しくする。「兼済とは、己の能力を発揮できる状況や立場にあれば、惜しまず努力し世の役に立つこと。独善とは、自分のほしいままに振る舞え、ではなくて、自分が必要とされないなら静かに自分を磨《みが》けということ」

風が鳴った。

「この言葉を呟いていたときの中宮さまの気持ちが、あなた方にわかりますか。己の能力を発揮することもできず、ただひたすら自分を押し殺し、自分が独り呟く言葉を聞き取ってくれる人もおらず、ただ微笑み続け、雪のような心の寒さに耐え続けていた、中宮さまのお気持ちが」

弁の将が何かを思い出した表情になった。

「桜の花に菫になれと言い続ける――中宮さまとその周りの私たちをたとえていたのね」

勘のいい弁の将に、清少納言はかすかに微笑みかける。

「開け放たれた格子から吹きつけるこの香炉峰の雪の寒さを味わってください。これは、これまで中宮さまが味わってきたさみしさと心細さと切なさです。中宮さまこそ、吹き込む雪風以上に身を切る冷たくさみしい日々を送っていたのだと、感じてほしい。いいえ、私自身が共有したいのです。主の涙をわが涙とし、主の喜びをわが喜びとする。それが私の考える女房の道だからです」

みな静まり返っていた。ひょっとしたら出過ぎた真似《まね》をして暇を出されるかもしれないな、と急に冷静になる。だが、構うものか。すまじきものは宮仕え。ひとりくらい定子のために意見してもいいではないか。それで追い出されるなら、本望というもの。

小さく、手を何度か叩く音がした。定子のもっとも近い場所にいる小柄でふっくらした最古参の女房の中納言だった。もう五十歳近い。

「清少納言、そこまで中宮さまを好きになってくれて、ありがとう」

「………」無言で清少納言が中納言を見返した。

「私はもう年でなかなか漢学を身につけることはできないからと、いままで自分が怠けていて中宮さまにおさみしい思いをさせていたのだと反省させられました。——中宮さま、女房どもを代表してこの中納言、お詫《わ》び申し上げます。自らの精進の不足にあぐらをかいておりましたこと、どうかお許しください」

「中納言……」と定子が呆然《ぼうぜん》と呟いている。

すると、中納言に続くように、定子に近い女房たちからみなが平伏《ひれふ》していった。申し訳ございませんでした、これからは漢学も勉強します、女房として外れていました、心を入れ替えて努《つと》めます……。細波《さざなみ》のように始まった女房たちの声がやがて大波になっていった。中には涙を見せる者もいる。

「みんな……」定子が驚きの表情を露《あら》わにしていた。

中納言以下、ここにいる女房たちが自らの過ちを認めるにやぶさかでない誇り高い人物でよかった。もし品性劣る女房どもなら、己の態度を省みるよりも異端の清少納言を追い出すほうを選んだだろう。自分はそれでもいいのだが、中宮定子は救われない。

女房たちが定子に頭を下げ終えると、中納言が清少納言に向き直る。

「清少納言、これからはあなたたちの世代がしっかり中宮さまにお仕えしてくださいね」

「もちろん。でも、中納言さまのお知恵はまだまだ必要です。中宮さまにも、私にも」

清少納言が指をつくと中納言が微笑んだ。

「こんな古女房でよければいくらでも」

そのときである。

定子が清少納言を手招きした。

「清少納言。近くへ」

一歩、また一歩、清少納言が定子に近づくごとに、周囲の目も無言のうちについてきた。

その好奇と嫉妬と羨望《せんぼう》の視線に晒《さら》されながら、あらためて決意した。

中宮定子に心からの笑顔を取り戻そう、と。

先のやりとりではまだほころぶほどの笑顔しか招けなかったけど、いつしか喜ばしげな笑い声を後宮に響かせよう。

定子の年相応のかわいらしさと清らかさが後宮を包めば——すてきなことだ。

そのためには中宮定子が中宮定子としてありのままに認められるような、その才をほとばしらせて存分に楽しめるような、そういう時間と場所と対象が必要なのだ。

それができたときに、香炉峰の雪は溶けて山々は笑うだろう……。

定子の前に辿《たど》り着《つ》くと、清少納言は深い想いをこめて平伏した。

顔を上げて、という定子のやさしい声に顔を上げれば、すぐそこに定子の笑顔。清少納言は、かっと頬が熱くなった。

「清少納言。私の心をこんなにも深く読み取ってくれて、本当にありがとう」

間近で見てしまった定子の美しさに、清少納言は動揺した。狼狽《うろた》えた。動転した。清少納言はしきりに自らのくせっ毛を撫でつける仕草《しぐさ》を繰り返す。そんなことでおさまるほど、かわいげのあるくせっ毛でないことは生まれたときから知っている。

「と、とんでもないことでございます。私自身、この香炉峰の雪の問いで教えていただきました。物事は見方を変えれば不思議な謎に満ちている、と」

それが結局定子の心にくすぶる想いであり、清少納言が定子に惹かれた想いだった。世界は美しく、謎に満ちている。をかしさが清少納言の心を揺さぶるのだ。

すると――清少納言の予想通り――定子が黒目がちの瞳を輝かせる。

「先日の枕にそんな言葉を書き綴《か》《つづ》っているのでしょ？　私にも清少納言が揺さぶられた世界の文章を見せてくれないかしら」

「私のほんのささやかな文章でよければ、この清少納言、中宮さまの目となりましょう」

他の女房たちは半《なか》ば呆《あき》れ、半ば眉をひそめていたが、清少納言はそれどころではなかった。定子が先ほどの雄弁とは正反対の清少納言の狼狽《ろうばい》ぶりに、目を細める。

「こんなにも私を理解してくれるなんて。私のこと、好きなのですね？」

と、定子は無邪気そのもので尋ねてきた。

突然の衝撃的な質問に清少納言の頭が沸騰する。

「どど、どうしてお慕《した》い申し上げないことがございましょう⁉」

答える声がひっくり返った。

「ありがとう」

「と、とんでもないことでございますっ。私、中宮さま付きの女房ですし、宮仕えですしっ。いやそうじゃなくて、中宮さまはお美しいですしっ」

先ほど、漢詩の教養を元に颯爽《さっそう》と謎解きをし、この場の女房たちに反省を迫った姿が嘘のよう。穴があったら入りたいとはこのことだ。しゃべればしゃべるほど、墓穴がどんどん巨大化していくのがわかっているのに、言葉を止められない――。

そのとき、誰かがくしゃみをした。まだ寒いのだろう。

「あら、くしゃみ」と定子が視線を泳がせる。おかげで清少納言は言葉を止めることができた。「誰かが嘘をついたとき、別の方がくしゃみをするとか。ということは……ひどい。あなたの言葉は嘘だったのね」

定子がもの悲しげな表情を作ってみせる。

「そそ、そのようなことは⁉」

定子が片方の目をつぶりながら、ちろりと薄紅色の舌を覗《のぞ》かせた。

座がどっと笑う。

清少納言はみなの笑い声に囲まれながら、葡萄染《ぶどうぞめ》の装束の下にひどい冷や汗をかいていた。中宮さま、演技派すぎです……。

定子の問いに対して機転を利かせすぎた清少納言が他の女房たちの輪の中でいられるようにと、逆に定子が機転を利かせたのだ、と気づくのは少し後のこと。

「清少納言。やがて来るうららかな春に謎なんてないでしょう?」

「いいえ。そのようなことはありません。春には春の謎があります」

「あらあら。そうなの?」と定子が目を丸くしていた。

ええ、と頷いた清少納言は夢見るような表情で言葉を紡ぐ。

「春はあけぼの――」

少なくともその日から、周りの者が清少納言を見る目は変わった。

ここからまさしく清少納言の物語は始まる。

第二章　お釈迦《しゃか》さま、ふたり

　橘　則光《たちばなののりみつ》は頭を抱えていた。

「はあ。えらいことになったなぁ……」

　明るい薄青の縹色《はなだ》の束帯は、三十過ぎの実年齢から見れば多少明るすぎるきらいはある。けれども、困っているような垂れ気味の眉と、少年っぽさの残る顔にはよく似合っていたし、頭ひとつ周囲の人間より背が高いおかげで、そんな束帯がとても新鮮に見えた。葉桜の輝く大内裏に、なかなか絵になる男ぶりである。

　だが、則光の心の中はひとつも晴れていなかった。それどころか、まだ寒風吹きすさぶ冬の曇天《どんてん》の気分だ。

　冠のゆがみを気にしつつ、盛大にため息ひとつ。

　ここは内裏の南、建礼門《けんれいもん》の前である。内裏に出入りする正門みたいなもので、人通りが多かった。いきおい、周囲の貴族や役人たちが則光を訝《いぶか》しげに見ている。見ているのだが、決して近づいたり声をかけたりしようとはせず、遠巻きに歩き去っていた。

　みんな冷たいなあ、と則光は心の中で嘆く。一応、自分だって名門・橘家の一員なのだから、多少は気にしてもらいたいものだった。

「いや。いまは気にされないほうがいい」

と、則光は胆汁でも飲まされたような苦い顔で首を横に振る。

いまの自分の状況をあいつに知られたら、まず怒られるに決まっている。ひょっとしたら会ってくれないかもしれなかった。それでは困るのだ。

あいつ、とは後宮に仕える女房のひとり。都でもっとも機転と機知に富む才女とも、いまをときめく藤原道長を一撃で打ちのめした暴れん坊《あばぼう》とも噂されていた。

多少のくせっ毛は今めかしげなご愛嬌。猫のような愛らしい目と顔立ちながら、ひとたび口を開けば古今東西の教養が清水の如く滾々《こんこん》と溢れてくるとかこないとか――。

才色兼備の彼女は、主人である中宮定子に求められるままに日々の雑感を書きしたため、それは『枕草子』としてもてはやされ、紫式部が書いている『源氏物語』と宮中での人気を二分しているとか……。

彼女の正体を知る則光に言わせればどれも真実だった。則光がまたため息をつく。

「ずいぶん遠くへ行っちまったなあ――あいつは」

と、ひとりごち、あいつなどと言ったらまた怒られるだろうなと苦笑した。

清少納言――それがあいつの名前。則光にとっての清少納言は、雲の上のような才女ではなく、頭の回転と手の早さを兼ね備えた「昔の女」だった。

そんな過去の関係を迂闊《うかつ》に口にしたら、また物を投げつけられるかもしれないが。

則光の覚えている清少納言はいつも怒ってばかりいたような気がする。

その清少納言の知恵を借りなければいけない、我が身の不徳よ……。

則光は大きな両手を力一杯合わせて拝んだ。

「神さま、仏さま、清少納言さま、どうか本日の灌仏会《かんぶつえ》で会えますように。そして、どうか昔のよしみで俺に知恵を貸してくれ」

清少納言が眼前にいるわけでもないのに則光は拝み倒し、「よしっ」ともう一度力を入れて建礼門をくぐった。

舎人《とねり》どもが首をひねっている。

則光のこんな珍奇な行動は、はたして吉と出るか凶と出るか。

雀《すずめ》たちがのどかに鳴いていた。

◇◇◇

春は宮中行事が忙しい。もっと中宮定子の姿を眺《なが》め、その声を聞いていたいのに。清少納言は思った。誰だ、「春はあけぼの」なんてのんきに書いたのは。私か。

「何か言いましたか、清少納言」と友人の弁の将が声をかけた。

「いいえ、何も?」

と、清少納言は衣替えの荷物を抱えて、弁の将と共に後宮の簀子を急ぐ。

「正月からずっとばたばたしていましたが、あと一息ですね」

と弁の将がため息交じりに言えば、

「正月にあった春の除目《じもく》は楽しかったわねぇ」と清少納言は猫のような目を細めて、にやりと笑う。

毎年、正月には地方官たる国司《こくし》やその下の受領《ずりょう》への任官がある。県召除目《あがためしじもく》とか春の除目とか言われていた。簡単に言えば主上からの新しい職務への通達で、要するに人事異動だ。

「清少納言、ずいぶん楽しそうですね。私なんて、除目に伴うばたばたが大嫌いなのに」

除目に伴って人が動けば物の移動も発生した。内裏ではさまざまなしつらえが新たに必要とされるだろうし、場合によっては後宮にも影響が及ぶ。ただでさえ清少納言や弁の将は、定子の春の衣裳やしつらえを準備するため走り回っているのに。そもそもあの美しい定子を昨年と同じ衣裳で人前に立たせるわけにはいかないではないか。

「都中の六割の中流貴族が期待したり、嘆いたり、ヤケになったり、年に一度の百面相が楽しめるんだから、しっかり見物しておかないと」

それらの貴族の中には、神仏を呪《のろ》う不届き者も出てくる。

「都中の六割の中流貴族、ですか」

「だいたいそのくらいじゃないかと思うのよね。実力や家柄《いえがら》で下二割の貴族は、もはやろくな仕事にありつけず放置され、当人たちもはなからあきらめている。逆に、家柄も実力も上二割の貴族は、背伸びをして上流貴族の仲間入り。すでに情実とコネと賄賂《わいろ》で欲しい地位を事前に確保しているでしょう？」

弁の将が舌を巻いた。

「私には難しいお話です。でも中宮さまと親しい方々と、女御さまと親しい方々が、それぞれどんな役職をいただくのかは気にしていないといけませんよね」

それによって後宮の力の均衡も変わってくるからだ。

清少納言は皮肉げに口元を歪めた。

「大内裏のほうへ出てみれば、たかが一行、どんな肩書きがつくかで一喜一憂しているいい大人がわんさかよ？　まったく愚かしいお祭り騒ぎ。せいぜい楽しまなくちゃ」

立派な身なりの貴族さまが肩書きひとつで大騒ぎしている滑稽《こっけい》さが、清少納言には「をかしな謎」なのだが、別に解くほどの値打ちもないだろう。

春は正月から三月の終わりまで。その間にいろいろな行事が目白押しだったが、それも先日四月一日の更衣（衣替え）と孟夏《もうか》の宴《えん》で一段落。暦《こよみ》の上ではもう夏だった。

「春も無事に終わりましたねえ」と弁の将がため息をつく。

「まったく。今日の灌仏会、それから賀茂大社《かもたいしゃ》のお祭りと楽しい日々が続くわね」

主上も中宮定子も出席する行事なので気は抜けない。けれども、除目のような純粋に内部の行事よりも、普段は知り得ない仏の教えを聞いたり、賀茂大社の祭りのきらびやかな装束を見ることができるほうが楽しいに決まっていた。

それに着飾った中宮定子の側にいるのは、無条件で楽しいし。

「灌仏会が楽しいなんて、清少納言は信仰心が篤《あつ》いのですね。私なんて、灌仏会の後にいただく甘茶が楽しみだったりするのに」

弁の将から打算のない純粋な目でそう言われ、清少納言は返事に窮した。

「えっと、あー……」

今日の灌仏会は仏教を開いた釈尊《しゃくそん》の生誕を祝う大切な仏事だ。灌仏会では「誕生仏」という特別な仏像――幼少時のお釈迦さまを象《かたど》った仏像――に、釈尊が好きだったという甘茶をかけて供養する。

儀式のあとは、参列者にも甘茶が振る舞われた。自然なやさしい甘みを持つ甘茶は、御《み》仏《ほとけ》の慈悲の表情のようで、お釈迦さまの好物と言われればさもありなんという飲み物である。甘味は貴重だったから、弁の将のように甘茶狙《ねら》いの参列者は、実は多い。

「私も清少納言のようにきちんと仏事に心を集中しませんと」

邪気のない弁の将の言葉と瞳が、清少納言の心に痛い。

「あの。私、そんなに信仰心が篤いのではなくて。――灌仏会にご出席の中宮さまはどれほどお美しいかなって、うきうきしていたんです」

清少納言が白状すると、弁の将が目を丸くした。

「まあ。……本当に清少納言は、中宮さまがお好きなのですね」

「ええ！」こちらならば何の後ろめたさもなく頷ける清少納言である。

内裏の中央やや西にある清涼殿は、もともと主上が寝起きする生活空間である。それが次第に宮中行事の行われる場所となった。

灌仏会もここで開催される。

儀式の行われる広間は何日も前から選ばれた舎人たちが清掃に励み、さらに一昨日からは修行を積んだ僧侶《そうりょ》たちが床も柱も磨き込んでいた。仏道修行において掃除は作務《さむ》と称され、大事なものとされている。何しろ、遥か彼方《かなた》の極楽世界にましますᅟ御仏を招来するのだ。どれほど、この世の穢《けが》れを払拭《ふっしき》してもこれで十分ということはない。

開催までまだ多少の時間があった。僧侶たちが忙しく立ち回って昨日のうちに飾られた花を手直ししたり、舎人や女房たちが主上や后たちの席を確認したりしている。早めに来てすでに自分の席を確保している者もいた。

清少納言と弁の将も、中宮定子の席の状態を確認すると共に、自分たちの席を取りに来ていた。男たちも出入りしているので、清少納言たちは衵扇で顔を隠している。この衵扇は今日のようなハレの日のためにしつらえた、金箔《きんぱく》を使ったものだった。

同じように席を確保しに来たのか、いつぞやの紫式部も来ている。紫式部は話しかけてこないが、向こうも気づいているようで、ちらちらと清少納言の方を見ている。

参列者の席は大きく前後にふたつに分かれている。前列と後列はさらに大きく三つの島に分かれる。前列中央の方は主上や后、東宮《とうぐう》や親王方《しんのうがた》、位の高い貴族たちが占める。その左右の島も貴族たちの席だった。

女房たちは後列の三つの島のどこかである。

「このあたりでいいでしょう」と清少納言が選んだのは、女房たちの席の中では真ん中あたりの目立たない席だった。

「そうですか？　さっきは男たち何するものぞと勇ましかったのに、席についてはあまり前の方ではないのですね」

と弁の将がからかうと、清少納言は苦笑した。

「ふふ。だって、前の方に座ったって、灌仏会の導師のお坊さまが不細工だったら法話も儀式も上の空になってしまうでしょ？」

「まあ、清少納言ったら」

弁の将がころころと笑った。

年に一回の灌仏会を楽しみにしている女房は多い。出仕早々、好きこのんで波風を立てまくっているとはいえ、清少納言は定子付きの女房としての年月ではまだまだ新参者。灌仏会のいい席を先輩女房たちに譲るくらいの世渡りの術は、清少納言も心得ている。もっとも、僧侶の見目が麗しくなかったら説法に集中できないから、というのも本心だった。

「せめていまのうちにゆっくりと『誕生仏』を拝しましょう」

と、清少納言は小さな匂《にお》い袋《ぶくろ》であるえび香《こう》を席に置いておく。清少納言と弁の将は会場の前方に安置されている「誕生仏」にゆっくりと近づいた。

生まれたばかり、というより三歳くらいの上半身裸の童の姿に見える。右手の人差し指で天を指し、左手の人差し指は地を指している。これは、釈尊が出誕するやいなや東西南北に七歩ずつ歩いて天地を指さして「天上天下唯我独尊《てんじょうてんげゆいがどくそん》」と唱えたという仏伝によっていた。

仏像の大きさは男の手のひらくらいだろうか。通常は寺の奥に秘仏として安置されていた。灌仏会のときだけ、一般に公開する。

「ああ。金色に輝く『誕生仏』、すばらしいですわね」

と弁の将が衵扇で目から下を隠しながら、扇を両手で持つようにして合掌した。

清少納言は黒光りする美しい台座や黄金の飾りの数々にも目を細めている。

誕生仏を守るように五体の龍が堂々と配されていた。さらに寺から運び込んだ祭壇やさまざまな黄金の飾りで荘厳《しょうごん》されて、本当に釈尊の生誕の場に立ち会っているような厳《おごそ》かさを現出させている。漂う香の匂いも、心を深くしてくれるようだった。

生まれたばかりの釈尊とはいえ、その表情は御仏の智慧《ちえ》と慈悲に溢れている。

「南無《なむ》釈迦《しゃか》大如来《だいにょらい》、南無釈迦大如来――」と清少納言と弁の将は小さく繰り返す。南無とは帰依するの意味で、身も心も投げ出して釈尊を信奉しますという心の表明だった。

清少納言は合掌したまま、「誕生仏」の柔和な姿を見つめ、穏《おだ》やかな気持ちで深々と頭を下げて拝礼する。

「ふふ……。ごめんなさい。するとと、弁の将がくすくす笑った。清少納言のことだから『私も世界でただひとり。だから、天上天下唯我独尊なのよ！』とか言うんじゃないかと思って」

「……弁の将は私を何だと思っているのですか」

と清少納言がわざと渋《しぶ》い表情を作ってみせる。

「だから、ごめんなさいって」

「生まれた瞬間から『天上天下唯我独尊』なんて、お釈迦さまだけでいいのよ。人間、思い上がったらおしまいよ？　お釈迦さまの教えの通り、生まれてから何を学び、何を選び、何をしたかのほうがよっぽど大事じゃない」

それが釈尊の教えの重大な柱である因果《いんが》の理法、原因結果の法則だった。

釈尊の生まれた天竺《てんじく》は厳格な身分制社会だったのである。

これに異を唱えたのが釈尊だった。

釈尊は、人は生まれや身分や男女の別で貴賤《きせん》や人生は決まらないと言い切った。つまり、どのような生まれでも、思いと行いを正す修行をすれば、それが原因となって誰しも自分の人生を変える結果が手に入る、悟りを開けるのだと説いたのである。

これがどれほど先進的だったことか。二言目には「女だから」「女のくせに」と言う道長みたいなのは、釈尊の教えの巨大さをこれっぽっちもわかっていないだろう。

自分の力で自分をいくらでも変えていけるなんて、最高ではないか。自分さえも知らない自分が人生には待っているのだと思うと、すごくわくわくしてくる。夢のようなすばらしい教えを説いてくださったと、清少納言は再び誕生仏にもう一度拝礼した。

灌仏会が始まった。

豪奢《ごうしゃ》な袈裟《けさ》衣《ころも》を纏った僧が花の供養をし、主上が甘茶を誕生仏にかける。后たちが女童に布施を持たせて御仏に献じた。

最後に僧たちのうねるような読経が供養され、儀式は滞りなく進行する。

儀式の間、中宮定子は穏やかな表情で座っていた。

すぐそばにいる女御彰子とは口をきくどころか、目線も交《か》わさない。

儀式だからだろうが、それにしてももう少し若い従姉妹《いとこ》同士のやさしい関係があってもいいと思う。男の強制ではなく、自然の心の発露として。

定子の方はきっと仲良くしたいと思っているんだろうな、と清少納言は感じている。

けれども、彰子の方はどう思っているのか。

何よりも周りの人々の思惑はどうなのか。

げに、すまじきものは宮仕えである。

そんなことを考えているうちに灌仏会は無事に終わり、僧侶たちが広間から退出し、主上と后も下がられた。参列した大臣や貴族たち、女房や女官たちは甘茶の用意された隣の広間へ順々に移っていく。

その先頭を歩いているのは、中宮定子の父、関白《かんぱく》にして藤原氏の氏長者《うじのちょうじゃ》の藤原道隆だった。肌はきめ細かく、顔立ちは端整で、藤原氏の長としての風格が溢れている。澄んだ瞳が定子によく似ていた。その後ろに、道隆の息子で定子の兄である藤原伊周《これちか》が続く。清少納言から見て伊周は、妹の定子にそっくりだった。

「伊周さま、相変わらずお美しいですね」と弁の将が清少納言にささやく。

そうね、と清少納言は小さく答えると、その伊周のあとに続く男を冷ややかに眺めた。

右大臣・藤原道長である。

女御彰子の父であり、道隆の異母弟。道隆と比べるとかなり野趣に満ちた顔つきをしていた。首も太く、身体も大きいので、堂々としている。公家《くげ》としての高貴さは十分に備えているのだが、それ以上にぎらぎらとしたものを清少納言は感じていた。

現実に、道長は日々力を強めている。

図書寮での遭遇で完全に敵認定してからいろいろ話を聞いていると、その動きがますますきな臭かった。

本来であれば氏長者にして関白の道隆の権力は絶対的なのだが、ここ数年、健康問題を取《と》り沙汰《ざた》されている。そのため、鼻の利く貴族どもの中にはさっそく道長と懇意になる道を選んだ連中もいるとか。

今年の春の除目ではそのような連中が結構な割合でいた、と清少納言は摑《つか》んでいる。男たちの世界とはかくも無常で無情なものなのか……。

そのような道長の動向は当然、道隆と伊周の耳にも入っているだろうし、むしろ道長がわざと耳に入るようにしている節もあった。表面上は従順な振りをしながら、道長は虎視眈眈と関白の座を狙っているのである。

このあたりが、定子と彰子の対立を生んでいる本当の理由だろう。

「道長の化けっぷりは見事なものよね」と清少納言がひとりごちる。

主だった貴族たちが退出していった頃にそれは起こった。

灌仏会の会場の後方で悲鳴にも似た声が上がった。

何だろうかと気持ちをそちらに向けると、男の声でこんな言葉が聞こえた。

誕生仏がもう一体現れた、と。

「誕生仏がもう一体？」と弁の将が訝しげに言うときには、清少納言は声のした方に歩き出していた。

「ちょっと待ってて」

広間の奥、参列者の最後列に七人程度の人が集まって、ちょっとした人だかりができている。何人かは「有り難いことです」と、膝《ひざ》をついて合掌していた。

清少納言はその人だかりをぬって、自分の目で様子を確かめる。

「これは――」

床の上に簡素ながら漆塗りの厨子《ずし》があった。厨子とは仏像や経典など納める仏具だ。当然ながら、儀式が始まる前にはなかった。

大きさは一尺程度で、正面の観音開きの扉が開いている。

その扉の向こうに、金色に輝く誕生仏が立っていた。

頭部も身体もしっかり造られ、右手を天に、左手を地に向けて指さしている。誰かがいたずらで造ったような、粗《あら》い造りの仏像ではなかった。全体が丁寧に磨き込まれたようになっていて、昨日今日に造られたものではないのも見て取れた。はっきり言ってしまえば、どこかの寺社できちんと安置され、供養されている仏像と同じような神々しさがある。さすがに清少納言も驚き、まずは合掌して拝礼した。

立ち上がって振り返れば、先ほどの灌仏会の祭壇が向こう側に見えた。

祭壇の厨子の観音開きの扉は閉じている。

灌仏会の祭壇と、二体目の誕生仏はまっすぐ向き合うように安置されている形だった。

さらにふたり、三人と人がやってくる。

清少納言は突然、大きな声を上げた。

「全員、止まって！　誕生仏の周りの人だけでなく、誰も広間から動かないように！」

二体目の誕生仏に気づかず、そのまま出ていこうとしていた貴族や女房たちの歩みが止まった。あちこちから不審そうな視線が飛んでくる。

清少納言は踵《きびす》を返すと、人混《ひとご》みを抜け出して前方の祭壇に早足で近寄る。

「せ、清少納言……っ」と弁の将が恥ずかしげに袙扇で顔をしっかり隠した。

この時代、女が親兄弟か恋人以外の男性に顔を見られるのは恥ずかしいこととされている。大声を出すこともそうだ。しかし、ときにはそれよりも大事なことがある。

ちなみに、そのような意識の例外は女官の中の選良たる内侍司たちだった。男たちと接点が多い部署だし、片手だけで仕事ができないことも多いため、堂々と両手を使って素顔を晒し、声を発しながら働いている。

「私がいいと言う前にここから出ていったら、あとで検非違使《けびいし》に言いつけるからね！」

「どうしたんですか」と弁の将が慌ててついてきた。

祭壇にまっすぐ歩み寄り、清少納言は片手合掌で礼をする。袖《そで》で指先を覆って厨子の観音開きの扉を開いた。

そこには先ほどと同じく、小さな誕生仏が厳かに立っている。儀式の前に間近で拝した仏像だった。甘茶をかけられたほんのり甘い香りが漂っているので、それとわかる。

清少納言はほっと一息ついた。

「こちらにも誕生仏がきちんと御安置されている……」

今日の灌仏会で使った誕生仏を誰かが盗み出そうとしていた途中、ではなさそうだ。

つまり、どこからともなく誕生仏がもう一体出現していた。

弁の将が驚愕《きょうがく》の表情で問いかける。

「清少納言、これは一体――?」

との問いに、清少納言は首を傾げて考え込んだ。

「祭壇にはきちんと誕生仏が御安置されている。けれども、いつの間にか広間の床に誕生仏の仏像が突如出現した。つまり、『誕生仏が二体になった』のよ」

あらためて床に出現した誕生仏の方へ近づく。周りの女房や貴族が道を開ける。まるでそうするのが当然とばかりの清少納言の表情と態度のおかげだったが、弁の将も「失礼しまーす」と、ちゃっかり後からついてきた。清少納言は相変わらず小首を傾げて、扇を持っていないほうの手でくせっ毛をいじる。

「床にあるこの誕生仏、最初に私が危惧《きぐ》したのは、今日の灌仏会の祭壇の誕生仏が何らかの事情で移動したのではないかということ」

「仏像がご自分で歩いたりしないでしょう」

　と小声で弁の将が言うと、清少納言は彼女に人差し指を近づける。

「私もそう思う。となれば、誰かが誕生仏をお散歩させた」

「それってつまり……」

　猫のような清少納言の目が冷静な光を放っている。

「盗もうとして持ち出したか――ってことよ」

　弁の将が青い顔になった。「仏像を盗もうなんて、罰当たりなことを」

　しかも、つい先ほどまで主上が臨席しての灌仏会で御本尊として礼拝されていた誕生仏を盗み出すなど、そら恐ろしいことこの上なかった。

「盗もうとしてここにあるのなら、盗むのには失敗して置いてったことになるのだけどね。私はまずそれを疑ったの」

　それと共に、清少納言は衵扇を持っていない手を振って、周囲の貴族や女房たちに解散を命じた。勝手に呼び止めておいたのだが、儀式の誕生仏が盗難に遭っていなければ勝手に解散させてしまってもよいだろう。

　彼女の迫力に足止めされていた男女の多くが動き出した。新しい誕生仏への感想やら清少納言への文句やらを口にしながら広間を出ていく。仕方なく、弁の将が「どうもー。どうもですー」と愛想笑いで見送っていた。

何人かの連中はすることもないのか、ことの成り行きに興味があるのか、広間にとどまっている。とどまってもいいのだが、中には儀式に文句を言っている不届き者がいて、

「灌仏会の費用や、お布施が多すぎるよなぁ」などと罰当たりな台詞を吐《は》いていた。

「ずいぶんなことをおっしゃる方がいるのですね」と普段温厚な弁の将が眉をひそめる。

「まあ、お坊さんが不細工だった分は差し引いてもいいかもしれないけど」

「清少納言！」

「冗談よ。さっきの男、仏罰に当たってしまいなさい」と清少納言が小声で呟き、袒扇を使いながら先ほどの声の主を探した。

「こんなに金があるなら俺たちに配れというんだよな」

と、先ほどの声の主が笑っている。瘦《や》せぎすで皮肉そうな笑い顔が見えた。周りに同意を求めているが、他の者は困ったような笑顔を見せるだけだ。

「たしか、税を司る民部省《みんぶしょう》の木《こ》っ端《ぱ》役人だったはず。名前は……忘れちゃった」

名前を忘れたと清少納言は言ったが、嘘だった。その役人の名前は橘清臣《きよおみ》。その名を口にしたら同じ姓のある人物を思い出すからやめたのだ。

「税の計算ばかりしていると、あんな意地汚い考えになるのでしょうか」

「後ろ暗い噂は聞いたことがあるわよ。金銭好きが高じて高利貸しを始め、結構位の高い

貴族にまで貸し付けては厳しい取り立てをして私腹を肥やしているとか」

「ひどい話ですね」

「お金なんて死んであの世に持って帰れないのにねぇ。餌《えさ》を集めて貯《た》めておくだけなら鼠《ねずみ》でもする。目に見えない尊いものへの尊崇《そんすう》こそが人間と動物を分けているのに」

清少納言は意識を誕生仏——二体目の誕生仏に戻した。

どこからともなく現れたふたり目のお釈迦さま。これは吉兆なのか、凶兆なのか。

何やら謎めいていて神秘的で、定子に話すのにちょうどよさそうな謎ではないか。

清少納言は床の誕生仏の側に両膝《りょうひざ》をつき、衵扇を閉じた。弁の将が慌てて自分の身体で清少納言の顔を隠す。清少納言はそのまま腹ばいになって床に置かれた厨子の中の誕生仏をじっくりと眺めていた。弁の将が控えめに声をかける。

「あのぉ、清少納言。その格好はさすがにいかがなものかと……」

「仕方ないでしょ。尊い仏像を軽々しく触るわけにもいかないんだから」

こうしてじっくり見ると、祭壇の誕生仏よりも一回り小さい。傷らしい傷もなく、大切にされているのがよくわかった。

「お坊さまなり、陰陽師なりにお任せすべきではないですか」

「そうねぇ……。あら？　この誕生仏、何だか不思議な匂いがする」

「不思議な匂い——？」

弁の将が怪訝《けげん》な顔をして、鼻をひくつかせる。

「立ったままじゃわからないわよ?」と清少納言が首だけ後ろにひねって弁の将を振り返った。姿勢といい目の形といい、まるで猫だ。「何かの生き物の匂いと……厨子の奥に何かの毛がついている。黒毛……猫かしら?」

「猫?」

と弁の将が聞き返す。語尾をやや伸ばして、不審そうにしていた。

「それにしても、何で仏像に猫の毛がついているのかしら」

と清少納言が考える目つきのまま、祖扇で口元を隠し、立ち上がったときである。

「何だか妙なことになっているな。昔の俺とおまえのよしみで手伝えることはないか」

生真面目《きまじめ》そうな男の声が清少納言の背後からした。ほとんど本能的に清少納言の背中に鳥肌が立つ。左手は祖扇で顔を隠しつつ、右手を固く握りしめて肘鉄《ひじてつ》を放った。

「天敵!!」

清少納言の右肘にたしかな手応《てごた》えが伝わる。「ぐへ」という情けない声がした。振り向くと正装した背の高い貴族、橘則光が腹を押さえてうずくまっている。

「私とあんたはもう何の関係もないんだからね!!」

「ぐ……」と則光がまだ声にならず、腹を押さえていた。

清少納言は祖扇でしっかり顔を隠し、衣裳の乱れを直す。

「まったく……。どうして則光がここにいるのよ⁉」

と清少納言は声を小さくし、くせっ毛を撫でつけながら猫目で睨んでいる。

「つ、つれないな。御仏を大事にするように俺との昔の出会いも多少は大事にしてくれるとうれし——！」

則光の声が消える。言葉の最後のあたりで清少納言が「黙らっしゃい」と再び拳《こぶし》を入れたからだ。わが人生、最大の汚点が口をきくな、と清少納言は舌打ちした。

ふたりはかつて恋人同士だった。背が高く、雅《みやび》な教養より蹴鞠《けまり》が大好きな則光と、才知に長《た》ける清少納言。何がどうしてつきあい始めたのか、みなが首を傾げたが、別れたと聞いたときには誰も疑問には思わなかった。

腹部の痛みが和らいできた則光が後ろに数歩よろけながら話しかけてくる。

「いまのおまえは後宮の奥深くにいて、こういう男女共に参加する行事でないと声をかけられないじゃんか」

「声をかけて、とお願いした覚えはありません」

「冷たいこと言うなよ。おお、痛い」

と則光が腹をさすった。

「そんなに痛かったの？」

「多少身体は鍛《きた》えているが、不意打ちだったからな。——はは」

か。

「何がおかしいの？」

「いや。何だかんだ言って心配してくれるんだなって――おい、本気で拳を固めるな!!」

昔からずっとこの調子だ。話がかみ合わないというか、受け止め方がおかしいというか。

後宮に勤めることになって、もう二度と会うこともないだろうと思っていたのに。頬に刺さる視線を感じて首をねじれば、向こうの方で紫式部たちがこちらを窺《うかが》っている。衵扇で鼻から下を隠しているので、具体的な表情はわからなかったが、清少納言の頬に血を上らせるには十分だった。

場所も悪い。誕生仏の真ん前でこんな話をしては目立つに決まっていた。

清少納言は則光を連れて広間の端へ行くと、近くを通りかかった童から木簡《もっかん》と筆を借りる。則光が弁の将となぜか挨拶しているが、清少納言は筆をさらさらと運んでいた。

いつもお世話になっていますなどと弁の将に頭を下げている則光に、その木簡を突きつける。

木簡には歌がしたためられていた。

則光が一歩近づいてきた。「歌も詩も俺にはわからぬ。清少納言、助けてくれ」

清少納言が頭を押さえ、弁の将が「え？」と固まる。しかし、則光は真剣そのものの表情だった。

「昔あんたに送った歌くらいは覚えててほしいんだけど」

と清少納言が疲れたような声を出す。

「お、おまえこそ、俺が歌が苦手なことを忘れてるんじゃないか⁉」

「覚えてます。歌はすべて仇敵《きゅうてき》とみなす。もし別れたいときには歌を送ってくれ、と言ってたものね。ということで、これっきりで——」

清少納言が踵を返した。通りすがりの女童に筆を返し、早々に広間から出ようとする。

則光が慌てた声を発した。「ま、待ってくれ」

「…………」清少納言は止まらない。

「お、俺だってあれから歌の勉強を少しはしているんだ。けれども、いきなり歌を突きつけられても、その、心の準備というものがなくてだな——」

則光があまりに情けなく食い下がろうとするものだから、清少納言は思わずこう言った。

かづきする　あまの住家《すみか》を　そことだに
ゆめ言ふなとや　めをくはせけむ

——海の底まで潜る海女《あま》のように身を隠している私なのだから、海女の家をそこと言ったり、目配せしてはいけません。

清少納言が暗誦《あんしょう》した歌を聴いて、則光が首を傾げる。たっぷり五を数えるほどそうしていたが、突如として則光が笑顔になった。

「ああ！　思い出したぞ。おまえの居場所をごまかしたときにもらったワカメの歌か」

かつて清少納言と則光がまだ恋人同士だったとき、則光が清少納言の居場所を人から訊かれた。自分の居場所を教えないようにと清少納言は念押ししていたので、則光は目の前にあったワカメを頬ばって「ワカメで口がいっぱいで答えられません」とごまかした。不器用な則光にしては「いとをかし」と思って、同じようなことがまた起きて則光が音を上げそうになったときに、清少納言はワカメを送ったのだ。

ところが、則光、そのワカメの意味が分からない。あなたがワカメで切り抜けたから私もそれにかけて送ったのに、と目の前が暗くなる思いがした。「めをくはせ」は〝目配せ〟と〝ワカメ食わせ〟をかけているのだが、ダメだったらしい。

もともと、燃えるような想いから生まれた恋ではなかった。

清少納言には何人か兄がいるが、有《あ》り体《てい》に言えば粗忽者《そこつもの》ばかりだった。そんな粗忽者どもをうまくあしらい、気のいい笑顔で友人づきあいしてくれていたのが則光だったのだ。

清少納言は「まともな兄貴」のような位置づけとして心を許していた。

ところが、人間の長所はえてして短所と裏表の関係にある。親しくなって一月《ひとつき》と経たず、気のいい人柄《ひとがら》は気のいいだけの人柄だったと清少納言は見抜いてしまった。

気転の利く会話、詩歌を下敷きにしての打てば響くやりとりがまったくできない。ことに、則光は歌がまったくできなかった。歌が美男美女の条件であることを一度脇《わき》へ置いても、梨壺の五人と称された父・清原元輔や同じく歌人として名を馳《は》せた曾祖父の清原深養父《ふかやぶ》をひそかに誇っていた清少納言にはまったく別世界の生き物だった。

自らの気転であったはずのワカメにもぴんと来ない鈍さに、そのとき思ったのだ。

別れよう、と。

積もり積もったすれ違いの、最後の一押しだった。

しばらくして、歌を送った。

崩れ夜　妹背《いもせ》の山の　なかなれば
　さらに吉野の　河とだに見じ

――崩れた妹背山のなかでは吉野川と見られない。私ももう妹背には見られないの。

則光は去っていった。密教僧《みっきょうそう》の読経で逃散《ちょうさん》する鬼のように、清少納言の歌から逃げ出したのだった。

別れの歌を突きつけたのは自分だが、最終的に逃げ出したのは則光。それなのにいまさら何だというのだ、という想いが清少納言にはある。

ともあれ、この歌は思い出したか。清少納言はくせっ毛をいじりながら説明する。

「いま木簡に書いたのは、あのときの歌をもじった歌よ。――海の底まで潜る海女のように身を隠している私なのだから、あんたも黙っていろと目配せをしている、とね」

木簡を見つめながら清少納言の解説を聞いていた則光が破顔した。

「はっはっは。なるほど、なるほど。そういうことであったか」

黙っていろと言っているのに、なぜ朗《ほが》らかに笑うのか。ちょっといらっとする。橘則光という男が人がいいのは清少納言だって理解している。けれども、その人のよさの何分の一かでいいから教養のほうに向けてくれればよかったのに、とも思う。

「じゃあ、そういうことで」と清少納言が立ち去ろうとした。

「あ、ちょっと待ってくれ――」則光が大声を出した。「俺の親父《おやじ》を助けてくれ！」

「則光の、お父さま……？」

清少納言はあらためて則光に振り返った。則光の人のよさにそのまま年月を降らせたような、やさしい顔が思い出される。則光が多少困ったことになっても、過去の諸々から仕方ないだろうと傍観を決め込める覚悟がある清少納言だが、則光の父が困っているなら捨てておけなかった。

何があったの、と話を聞こうとしたときだった。

広間で誰かが大きなくしゃみをした。

役人も女官女房たちも、そのくしゃみをした者の方を振り向く。

「はくしょん。すまない。別に誰かが嘘をついているのではないと思うのだが、すまない。――は、は、はくしょん。私みたいな身分の低い役人は毎日毎日、座り仕事で税を勘定していますからな。久しぶりに外へ出て風邪を引いてしまったのかもしれない」

謝りながらくしゃみを続けているのは痩せぎすの役人だった。先ほど「灌仏会の費用やお布施が高すぎる」と罰当たりなことを言っていた民部省の橘清臣である。下級役人、というにはいささか衣裳の絹が上等である清臣を、清少納言は冷ややかに見つめていた。

「同じ橘姓でもずいぶん違うものねぇ」

場を取り繕《とつくろ》う口を持った清臣と、人がいいだけの則光。さてどちらがまだましなのか。

自然、袓扇で顔を隠しつつ、様子を窺う状態になる。

「清少納言、あのお方は――」と弁の将が訊いてきた。どうやら清臣の暴言を思い出したらしい。清少納言は小首を傾げて、あとは黙った。清少納言のさりげない沈黙に気づかず、清臣は人だかりから一歩、誕生仏に近づく。

「ちょと失礼。はっくしょん。――実はこの誕生仏を、この清臣、どこかで見たような気がしまして……」

「あら、本当ですの?」と清少納言がよそ行きの対応をした。

「そうだ、女官である尾張《おわり》どのの持ち物ではないのか」

周囲の人だかりがざわつき、清少納言は眉をひそめた。何人かが興ざめしたかのようにその場を離れていく。

弁の将が清少納言に確かめた。

「ということは、その尾張どのの持ち物である誕生仏が、灌仏会の儀式の最中にはなかったのに突然厨子ごと出現したってことですか」

「そうね」と清少納言がくせっ毛を指でいじる。「まずは本当に尾張どのの持ち物かを確認しないといけないのだけど……」

「尾張どのといえば、後宮の女官の中でも内侍司に所属する、主上のお側近くに使える女官ですね」

と弁の将が言うと、清少納言はにやりと笑いかけて、

「尾張どのを知る人はここにいる？」

とまた声を大きくして尋ねた。

すると広間に残っていた者のひとり、背が高くて面長の女官が口を開いた。騒ぎの最初に、膝をついて誕生仏を拝んでいた女房だ。尾張と同じ内侍司に籍を置く小宰相《こざいしょう》といった。

「あの……今日は尾張は灌仏会には出てきておりません」

その言葉が意味することを、瞬時に理解できたのは清少納言だけだった。

「今日、灌仏会に出ていない？　本当なの？」

「はい。私は尾張の直接の上役ですから、間違いありません」

清少納言が袒扇を少しだけ閉じて口元を隠し、考え込む。

「小宰相どの。この厨子と誕生仏が尾張どののものかどうか、確かめたいの。本人のところへ案内してくださるかしら？」

わかりました、と小宰相が頷いた。清臣などが怪訝な顔で見ている。怪訝、というならいつの間にかそばに来た則光もそうだった。

「則光、ちょっと見てて」

「ああ、別に構わんが、何がどうなってるんだ？」

清少納言が空いている手でくせっ毛を撫でつける。

「誕生仏は見ての通り、お釈迦さまがお生まれになったときのお姿の仏像。でも、普通、仏像といえばどんなお姿？」

「それは……如来とか菩薩《ぼさつ》とか仁王《におう》さまとか」

と答えた則光が、はっとなる。どうやら気づいたらしい。

「普通はお釈迦さまの仏像でも、成人されて悟りを開かれた如来としてのお姿。誕生仏はどこのお寺でも秘仏のように大切にされているのよ？　個人で持っているならなおさら大切に扱うのではなくて？　私ならきちんとしまっておく」

清少納言がそこまで言えば、その場にいる誰もがわかった。

「そんな大切な仏さまが、どうして急にこんなところに置かれていたんだよ？」

という則光の声は、その場に残っていた十人程度の者たちの疑問を代弁している。

すると、うっとりとした表情で清少納言が呟いた。

「この謎――いとをかし」

祖扇の下で清少納言が唇を舐《な》めている。

床の上の誕生仏は何も言わず、静かに慈悲の表情を浮かべていた。


清少納言と弁の将、小宰相の三人は、若い緑の揺れる庭の木々を横目に弘徽殿を目指すことにした。弘徽殿に、二体目の誕生仏の持ち主とされる尾張がいるからだった。

そのときだ。藤壺《ふじつぼ》とも呼ばれる飛香舎《ひぎょうしゃ》の方で、誰かの泣いている声がした。清少納言は聞き耳を立てると、そちらの方へ近づく。見れば五人の女童が輪になっていて、そのうちのひとりがしくしくと泣いていた。

「どうしたの？」と清少納言が少女たちに声をかける。

「あ。清少納言さま――」と泣いていない女童のひとりが振り返った。

「あなたたちは、たしか中宮さまや女御さまにお仕えしている子たちじゃない」

どうしたのかと尋ねてみると、泣いている少女が柱と柱に渡されている長押《なげし》を指す。

「お人形……私のお人形が――」

見れば長押に雛遊《ひなあそ》びで使う人形が一体、引っかかっていた。

「あー。あの人形ね？　またどうして」

すると最初に清少納言に気づいた少女が重い口を開く。

「私たちがふざけて互いの人形を放り投げて遊んでいたら、みるこの人形が――」

言いながら、その少女まで洟《はな》をすすり上げ始めた。みるこ、というのが人形が長押に引っかかってしまった子の名だった。定子のお使いで何度か御座所《おましどころ》に出入りしているのを見たことがある。女童らしいあまそぎのおかっぱが他の子よりも一段とつやつやしていてかわいらしかった。

「わざとではないのね？」

中宮派と女御派の争いの根は意外に深い。女童同士でもそれぞれの立場で口をきかない者もいるという。女房たちはなおさらだ。清少納言のような、誰にでも声をかける女房のほうが特殊だった。定子と彰子に仕える女童同士がいじめにも似たいたずらをしたとなれば、ことは微妙になる。だが、今回は清少納言の杞憂《きゆう》のようだった。

「はい……。みるこは左利きだから、みんなと違う方向に飛んでいって……」

中宮と女御という后同士の関係やそれを巡る男どもの思惑とは無関係に、少女たちは仲良く遊んでいるらしい。それでいい、と清少納言は胸をなで下ろした。

長押に手を伸ばしてみるが、届かない。

清少納言は腕組みをしてあたりを見回し、ある物を見てにんまりした。

「おあつらえ向きの物があるじゃない」

彼女の視線の先にあったのは、人が乗っても大丈夫そうな大きな唐櫃だった。清少納言はすたすたとその後ろに回り込んで、十二単のまま押し始めた。

「清少納言!?　何やってるの!?」

と、弁の将が驚愕している。清少納言は答えずに、よいしょよいしょと、大きな唐櫃を押していた。その唐櫃を人形が引っかかっている長押のそばに近づけると、清少納言は押すのをやめる。

泣いていた女童たちが、すっかり泣き止《や》んで呆然と清少納言を見つめていた。

「ふー」と額を拭った清少納言は、女童たちに微笑むとおもむろに唐櫃に足をかける。

「えええええっ!?」

弁の将も少女たちもみんなが大きな声を上げた。

周囲の悲鳴に近い声にまったく動じることなく、清少納言は唐櫃によじ登っている。

そのときだった。

「何かこちらで悲鳴のような声が――あなた、何をしているの⁉」

前半は後宮の治安を守らんとする正義と、困っている人を気遣《きづか》う心に溢れていたが、後半は悪を糾弾する激しい金切り声になっている。

声は唐櫃の上の清少納言を糾弾していた。いままさに長押の人形に手を伸ばしていた清少納言は、全身がきれいに伸びた姿勢でその声の主に振り向く。

「あ、紫式部」

何の感慨もなく清少納言が声の主の名前を口にした。悪びれるようなところは一切ない。

「『あ、紫式部』じゃありません！　あなた、中宮さまに仕える女房なのに何たる振る舞い。恥を知りなさい！」

紫式部が目をつり上げた。眉も美しく、鼻も口も形がよいだけに、怒った顔は迫力があった。色白の頰は定子のように若々しい桃色に染まってはいないが、大人の女性としては十分合格点だろう。黒髪をきれいに分けて丁寧に梳《と》かしていて、いつもの藤色の装束も過美にならず好ましかった。

紫式部は、言わずと知れた――先日の図書寮でもなぜか否定していたが――後宮はおろか宮中、地方の貴族にまで流行している『源氏物語』の作者である。第一巻の「桐壺」が瞬《また》く間《ま》に人気となったことで、藤原道長から女御彰子に私的に仕える女房として招かれた女性だった。

才能を評価されたという点において清少納言と通じるところがある。清少納言の場合は、他ならぬ中宮定子が自らの孤独を理解できる才能ある女性と認めてくれたのだ。

だが、日が経つにつれてわかってきた。清少納言と紫式部――ふたりの性格は水と油というか、陰と陽というか、とにかく合わないのだ。

清少納言が女房として急激に活動範囲と仕事の幅を広げていく中で紫式部との接点ができてきた。図書寮での遭遇によって、清少納言は紫式部が道長の下風で小さくなっている哀れで憐れな女だと思っていたが、後宮ではそんなことはなかった。

いちいち清少納言のやることにケチをつけてくるのである。

はしたない。作法にかなってない。しきたりに合っていない。

まるで小姑《こじゅうと》である。

清少納言がみんなで棒雑巾《ぼうぞうきん》を持って一斉に廊下を走ってきれいにしようとすれば「少人数で静かに丁寧にやるべきです」というし、殿舎のしつらえを静かにはたいていたら「こういうのはみんなで一斉にやったほうが効率がよいのです」と来たものだ。とにかく、ふたりの意見と判断はことごとく反対の方向を向くのだった。

げに、すまじきものは宮仕えである。

「……天敵って、女でもいるものねぇ」

「何かおっしゃいましたか!?」

紫式部の叱責に清少納言の足元が揺らいだ。弁の将や女童たちが小さく悲鳴を上げる。

「きゃんきゃん怒鳴《どな》らないで。危うく落ちかけたでしょう」

「あ、ごめんなさい」

紫式部が普通に謝る。意見はまるでかみ合わないが、いい人なのだ。

「ちょっと足元を支えてて」

「わ、私がですか!?」

「だって」と清少納言は身体を伸ばしたまま、少し後方にいる女童たちを振り返る。「あの子たち、中宮さまと女御さまのところの女童たちが困っているのよ?」

紫式部が眉間《みけん》にしわを寄せながら確かめる。

「まったく。あなたたちは——」と、紫式部は少女たちにお小言を言おうとしていた。

それを清少納言が止める。「さ・さ・え・て!」

紫式部が唐櫃を押さえようとして、我に返った。

「ちょっと待ってください。何で私があなたの補助をしなければいけないのですか」

「……ちっ。あとちょっとだったのに」と清少納言が舌打ちする。

「危うく口車に乗せられるところでした。まったく。これでは女房ではなく詐欺師《さぎし》。その口八丁手八丁で中宮さまを騙《だま》しているのではありませんか?　こんなことでは中宮さまが主上の寵を失ってしまうのではなくて？」

紫式部が三白眼で睨んでいた。

清少納言が唐櫃の上でよろめく。

「うわわっ。弁の将」

「はい、はい！」

弁の将が飛び出して清少納言の腰を支えた。紫式部は腕を組んで顔をしかめている。清少納言は長押に引っかかっていた人形に手を伸ばした。

「よっと……。ほら、取れたわよ。人形」

清少納言が人形を片手に笑顔で振り返る。わあ、と女童たちと弁の将は歓声を上げた。紫式部が慌てる。

「ちょっと、清少納言、危ないっ」

「はっ」という気合いと共に、十二単の清少納言が唐櫃から軽やかに飛び降りた。驚いた紫式部が、「きゃっ」と悲鳴を上げる。あら、かわいい、と清少納言は思った。

清少納言は笑顔で人形を返し、少女の柔らかな髪の頭を撫でてあげる。

「もう変な遊び方しちゃダメよ？」

「はい。ありがとうございました」

女童たちがお礼を言った。

「どういたしまして。――これで一件落着。唐櫃戻そう」

と清少納言が弁の将を促《うなが》す。けれども、どうにも納得していない人物がひとりいた。

「せーいーしょーうなーごーんー……！」

紫式部の声が怒りに震えていた。

「あ、まだいたの。唐櫃戻したら私たちも退散するから」

「前々から言いたかったのですが、あなたはこの後宮を何だと心得ているのですか！」

紫式部の剣幕に、女童たちがびくっとなる。「大丈夫、大丈夫。これはこのふたりの挨拶みたいなものだから」と弁の将が笑ってごまかし、少女たちを逃がした。

「前々から言いたかったのですがって、もう五回目。物忘れひどいんじゃないの？」

「物忘れがひどいのはあなたのほうでしょ!?　まったく何度言ってもはしたない真似をおやめにならない！」

と、紫式部が目と眉を思い切りつり上げ、清少納言を指さして糾弾した。清少納言は肩をすくめて、きれいな笑顔を見せる。

「そんなに大きな声を出さないの。せっかく賢そうな美人が台無しよ？」

紫式部の顔がさっと赤くなった。頬がひくついている。

「賢そうなんて勝手なこと言わないでください。私、漢字の『一』も書けませんから」

やれやれ、と言いたげにしながら清少納言は続けた。

「女が漢字なんて書けないほうがいいって、誰に刷り込まれたの？　親？　道長？」

「それは……」と紫式部が怯《ひる》む。

「あのね、紫ちゃん？　『源氏物語』なんてすごい物語を書いてるのが、あんただっていうのはみんな知ってるの。主上だって『これを書いた人は日本紀をしっかり読んでる教養ある人だ』って褒めてるのよ？」

と、清少納言が自分のくせっ毛をくるくるする。

「そ、そんなことは——」と紫式部がもじもじする。うれしいことはうれしいらしかった。

その当然の感情に、どうして素直にならないのだろうか。この謎、いとわろし。

けれども、紫式部の中に自らの才能を褒められて喜ぶ心がかすかでも残っているなら、清少納言の言葉だってわかるはずだ。

「宮中のみんなが紫ちゃんを主上の言葉から『日本紀の御局』って噂してるのに、自分だけ意固地になって隠しちゃって」

と清少納言がまた肩をすくめる。けれども、紫式部は納得しなかった。

「だ、だって。女が賢いなんて、周囲から何と言われるか……」

「そんなの、男でも女でも、言いたいヤツには言わせておけばいいのよ。悔《くや》しかったら自分より賢くなってみなさい、って」

清少納言にとっては「太陽が東から昇って西に沈む」のと同じく自明のことなのだが、紫式部は表情を歪める。

「そんなこと、できるわけ――!!」と言いかけて紫式部が我に返り、咳払《せきばら》いした。「危うくあなたの下劣な手に乗ってみっともない言い合いを続けるところでした」

「ち。またしても正気に戻ったか」

と、清少納言が猫目のような瞳でそっぽを見る。

「何か⁉」と紫式部が、ぎんっと睨んだ。

「いえいえ。あ、そうだ。紫ちゃん。さっき、灌仏会の広間にもう一体、誕生仏が出現したの、知ってる?」

紫式部の目がやや細くなる。「何か騒いでいたのは関知しています」

「持ち主かもしれない内侍司の女官のいる弘徽殿に向かってるんだけど一緒に来ない?」

「どうして私があなたと一緒に行かなければいけないのですか」

「へえー。いいの? 私だけで行っちゃって」

清少納言がにやにやしながら言うと紫式部が怪訝な顔をした。

「別によろしいのではありませんか」

「そうかしら? こんな珍しい出来事、きっと女御さまも道長も気になるでしょう。そのときに事情を把握している女房がいなかったら、おふたりともがっかりされてしまうかもしれませんわねぇ。それに内容次第では『源氏物語』のネタにもなるかもしれないのに。ああ、もったいない」嘆かわしい、と表情を作る。

「――何が狙いなのですか？　私を同行させてあなたはどうするつもりなのですか」

紫式部のこういう鋭さは大歓迎だ。けれども、そんな感想を清少納言はおくびにも出さない。もう一度肩をすくめてこう言った。

「私が弘徽殿でやりたい放題やっていいなら、ついてこなくていいわよ？」

紫式部がじっと清少納言を見つめる。清少納言は、弁の将を急《せ》かすようにしてくるりと向きを変えた。

「待ちなさい。他の女房にことわって、私もすぐに同行しますから待っててください」

紫式部が背後から声をかける。

「忙しいなら来なくていいのよ？」

「あなたひとりで行かせて、后付き女房たち全員の評価を落とされても困ります」

「さすが才女さまは幅広く物事を考えていらっしゃいますこと」

清少納言が優雅に手の甲を口にあてて笑うようにすると、紫式部は真っ赤になる。

「才女なんて呼ばないでください!!　あと、その唐櫃、あなたたちでちゃんと元のところへ戻しておいてくださいね!!」

すぐに戻りますから、と紫式部は衣裳を翻して主人である彰子のいる飛香舎へ一度戻っていった。その背中に、清少納言は笑顔で手を振っている。

紫式部の姿が消えてしまうと、隅で静かにしていた弁の将が大きくため息をついた。

「まったく……。何でそう、清少納言と紫式部さまは仲がよろしくないのでしょうか」

「何言ってるの。弁の将自身が言ってたじゃない。ほんの挨拶よ。中宮派と女御派の女房の裏での悪口の言い合いの陰険さと比べたらかわいいものだと思うわよ」清少納言はくせっ毛をいじりながら、本音を明かす。「紫式部を見てると焦《じ》れったいのよ」

「ご立派ではないですか。女御さまにきちんとお仕えしつつ『源氏物語』の執筆もがんばられて」と、いったん言葉を切って弁の将が清少納言を覗き込んできた。「まさか、嫉妬しているからあれこれ突っかかる、なんてことないですよね？」

まさか、と清少納言は鼻で笑う。

「『源氏物語』なんて巨大な物語は私は書けそうにないもの。いいえ。たぶんどんな男も女も、紫式部以外には書けっこない。私、どちらかといえば紫式部が好きなのよ？」

「本当ですか？」と弁の将が目を丸くした。

「けれども、紫式部が気にくわないのは」と清少納言が猫目に多少の怒りの色を乗せる。

「女が賢いことを隠して、世の中や男どもに迎合しようとするところ。そんなことをしたって、世の中も男どもも、何ひとつ褒めてくれやしないわ。図書寮で道長の後ろに縮こまっていたときの紫式部のあわれな姿。当代最高の物書きが、なんで道長ごときの後ろで小さくなっていないといけないのよ？」

清少納言の語気が強くなった。この場にいない道長を糾弾しているようだ。

「それは……」と弁の将が答えに詰まった。

「むしろ、従順な振りをしている間に、神仏からいただいた才能は錆《さ》びついて使いものにならなくなってしまう。その責任、無能な男たちに取れるのかっつーの」

清少納言の言い方が歯止めなく辛辣《しんらつ》になっていく。

けれども、弁の将には清少納言の発想は突き抜けすぎていて、理解を拒絶していた。

「私にはよくわからないです」

清少納言の糾弾は続く。

「せっかくの才能がすっかり錆びついてしまったときに、凡人の男どもの世界はやっと賢い女を許して仲間に――あるいは妻に――迎えてあげようと、上から目線で手を差し伸べてくるのよ。なぜだと思う？」

「さあ？」

「賢い女は怖いからよ。――さ、紫ちゃんはまだかな～」

そのとき、向こうから真剣な――というよりどこか怒っているような――表情の紫式部が戻ってきた。表情は険しいのに、足音をまったくさせない配慮をしているところが紫式部らしい。清少納言は口の中で、いとをかしと呟いた。

結論から言えば、灌仏会の広間の床に忽然《こつぜん》と現れた厨子と誕生仏は、尾張の持ち物で間違いなかった。

弘徽殿へ呼びに行った尾張は小柄で愛嬌のある娘だった。身分は高くないが、平城京《へいじょうきょう》の時代から代々主上に仕えてきた中流貴族の家柄だとかで、立ち居振る舞いにどこか奥深いものを感じさせる。

清少納言が事情を説明すると、尾張はまず「私の誕生仏、ですか」と怪訝な顔をした。無理もない。ただ内侍司の職務をしていただけなのにいきなりそんな話をされても反応に困るだろう。

次いで紫式部が「実は——」と丁寧に順を追って説明すると、尾張はやっと事態がのみ込めたらしく、自分の局を確かめに行った。

「あ、ありません。私が大切にしていた誕生仏が厨子ごと」

では確かめてもらいましょう、と清少納言が意気揚々と尾張を広間へ案内する。弁の将、小宰相、紫式部も一緒だった。

広間の誕生仏には言いつけ通り則光がついていた。他には「尾張の持ち物だ」と言った清臣と、清臣と小宰相の知り合いらしい人物や女官たちがそれぞれ数名だった。

「間違いありません。これは私の持ち物です」

と、尾張が涙ぐみながら誕生仏を押し戴《いただ》いていた。

「よかったわね。でも、どうして誕生仏がひとりでにあなたのところから出ていったのかしら？　誰かに盗まれるようなことでも？」

清少納言が猫目を細めつつ尋ねると、尾張は困惑の色を見せる。

「いいえ。きちんと特別な所にしまってましたのでそのようなことはないと思いますが」

「ひょっとしてお釈迦さまが出ていっちゃうようなことをしたとか？」

清少納言が意地悪な質問をした。尾張の顔が真っ赤になり、小さく震える。すると、紫式部が間に割って入った。

「清少納言！　あなたいまの言い方はひどいですわ」

と紫式部が尾張の背中を撫でている。そのふたりの様子を見ながら、清少納言は軽く肩をすくめた。紫式部が尾張を慰めつつ、清少納言に「あなたという人はもう少し人の心に気をつけて」とかお小言を言っていたが、清少納言はいまの質問ですでにいくつかの疑問への答えを摑んでいた。

清臣が見物している位置を変えるように、知り合いたちと離れてこちらへ来る。

清少納言が紫式部の小言を聞き流しながら横目で見ていると、清臣は則光の方へするすると近づいた。則光はなぜか清少納言の方へ近づく。不意に清臣と則光という男どもが身近なところでごそごそ動き出したので、清少納言の近くにいた紫式部と尾張が身体を強張らせた。小宰相が身を翻して、男である清臣と距離を取る。とりあえず、清少納言は袙扇の下から則光に冷ややかな目を向けた。

「で、あんたはなんで私の背後を取ろうとしているの？」

と清少納言が平坦《へいたん》な声で則光に話しかける。

「あ？　うん？　いや、ちょっと清少納言の背中にごみがついていて……」

則光は清少納言の後ろに逃げようとしていたようだったが、さすがにそれは情けなさすぎると思ったのか断念していた。

「それでは橘則光どの。お約束まであと五日ですからな」

「――わかっている」

則光がぶっきらぼうに声を発する。清少納言は思わず目だけでそちらを凝視した。人のいい則光がこんな声を出すことは滅多《めった》にない。少なくとも清少納言に対してこんな声で話したことなど一度もないのだ。

あからさまな念押しの清臣の挨拶も、いかにもあやしい。

清少納言は耳に神経を集中させた。

清臣はにやにやと笑いながら、

「お父上にも、よろしく。――はくしょん」

たっぷり含みをこめたしゃべり方とくしゃみを残して清臣が離れた。

清臣が離れていくのを、なぜか尾張が目で窺っている。

「この誕生仏について少し聞きたいことはあるのだけど」と言葉を切って清少納言は則光に振り返った。「則光、さっきお父上のことで相談があると言っていたわね？」

「あ、ああ」と則光が口をへの字にしている。

「じゃあ、先に話を聞こうかしら」

と清少納言が空いている手で手招きした。ふたりきりで話そう、とは言わない。昔の男と人気のないところでふたりで話し合っていたなどと噂されたら、余裕で死ねた。

広間の中で少し離れ――具体的には女官たちがいるが、役人がほぼいないあたり――で、あえて目だけを扇から出して清少納言は話を聞くことにした。

「あの、清少納言、その目つき、超鋭いんだけど……怒ってる？」

「怒ってないわよ？」怒っていないが、そういう目つきでないとあらぬ噂が立てられないとも限らないからだ。そのくらい気づいてほしい。「で、清臣になんで絡まれてるの？」

「ぬおっ⁉　おまえ、なんでそれを――⁉」

清少納言がじっとりした目で見返した。

「あれだけ思わせぶりなことを言われてて、気づかないわけないじゃない」

「そ、そうか」と則光が額の汗を拭う。「おまえの言う通り、父の悩みには橘清臣が関係していてな……」

そう言って則光が眉間にしわを寄せながら、事の顚末《てんまつ》を話し始めた。

都に雪がひどく降っていた頃――ちょうど清少納言が中宮定子と香炉峰の雪のやりとりをしていた頃――則光の母、右近《うこん》が熱を出した。

最初はただの風邪だと思っていた。しかし、それがあまりにもひどくなっていった。薬も効かず、冬だというのに右近の寝所だけ夏のようになっていたという。

年が明けても、高熱を何度も繰り返していた。

則光の父、橘敏政《としまさ》は方々の寺に祈禱《きとう》を依頼し、さらに医師を訪ねて薬を求めた。

「お願いします。何とか妻を助けてくだされ――」

右近は花山法皇《かざんほうおう》の乳母《めのと》だったため、医師たちも敏政の求めに応じて滅多に手に入らない薬を探してくれたが、そういう薬は値が張る。

寺社での病気平癒の祈禱にも金がいる。

妻の右近が法皇の乳母だったからといって、夫の敏政が金持ちだとは限らない。むしろその逆で、質素で慎《つつ》ましやかな生活をしていた。

つまり、金がない。

「金があれば……。金さえあれば、妻の病気を治してあげられるのに」

敏政は懊悩《おうのう》した。金がない、というのは恐ろしい。金のことしか考えられなくなり、金がないことで真っ暗に閉ざされていく未来を何度も何度も思い描いてしまう。

また、そういうときに限って悪い話が近寄ってくるのが世の不思議。

人づてに噂を聞き、金を貸してくれる人物を紹介された。それが橘清臣だった。

「さぞお困りでしょう。金は使わなければ意味のないもの。どうぞお使いください」

頬骨《ほおぼね》の張った痩せぎすの顔に愛想笑いを浮かべて、必要な額を用立ててくれたそうだ。

そのお金で、祈禱や薬のための金ができ、それらのおかげで右近は快復に向かった。

だが、当然これで終わっていたら悩み事にはなっていない。

金を借りて十日と経たずに厳しい取り立てが始まった。もともと金がないから借りたのだ。それが十日程度で用立てできれば借金などしていない。

「そうはおっしゃいましてもねぇ。借りたものは返してもらわないと。私だって自分の金を都合して差し上げてるのです。同じ橘姓だから信じてお貸ししているわけですから、裏切らないでいただきたいものですな。橘の姓が泣きますぞ」

もう清臣に笑顔はなく、冷酷な眼差しで取り立てを重ねた。

かき集めた金を返済に充《あ》てるが、利息なるものの足しにもならず……。

何とか三ヵ月待ってもらう約束は取り付け、金策に頭を巡らせたもののままならず、とうとう期日が五日後に迫っていた。

じっと話を聞いていた清少納言が尋ねた。

「ところで、お母さまは？」

則光が少しさみしげに笑う。

「うん。おかげさまで元気になった。先日やっと起き上がれるようになったのだが、親父のほうがずいぶん痩せてしまった。親父はさ、母が借金のことを知ったら、自分のせいでこんなことになったのだと自責の念に駆られるだろうからと、自分の胸ひとつで収めようとしていたんだ。それで俺も気づくのが遅れて……」

するると、清少納言が猫のような目をきっとつり上げた。

「嘘つき」

「えっ⁉」

「嘘つき、って言ったの。自分の親の変化くらい気づきなさいよ。毎日毎日の家族のごく小さな変化に気づけないのは不覚どころかただの冷たさ。ただの怠慢よ？」

則光がうつむいて後頭部を掻《か》く。

「……そうだな」

清少納言は則光の反省するさまを見ながら、唇を嚙んだ。

――橘清臣。噂では借金の取り立てに羅生門《らしょうもん》の辺りに住む荒くれ者たちまで使い、老婆の髪や最期の衣裳まで借金の形に剝《は》ぎ取《と》ると言われているけど。そんなヤツから金を借りて、あの人のいいお父さまが勝てるわけない……。

「そのことについては則光自身がしっかり反省して頂戴《ちょうだい》。それよりも、借金ってどのくらいあるの？」

則光がさすがに人目を憚《はばか》るようにして、「借りたのは……」と清少納言に耳打ちした。

「何それ⁉」清少納言が大きな声を上げた。「まだほんの数ヵ月なのに、借りた額が四倍になってるなんて、鬼じゃない！」

中流貴族が一年暮らせそうな額だった。則光が今度こそ渋りきっている。

「そうなんだよ。これでもだいぶ返したほうなんだぜ？　でも、それ以上に利息が増えて、全然借りた金自体は減らなくてさ。もううちにはろくなものが残ってないんだ。親父、邸《やしき》を取られるしかないって泣いてるんだよ」

と則光が声を詰まらせた。

「そんな夢見の悪いことは言わないでよ」

清少納言は胸が痛んだ。則光は両親と共に住んでいたから、清少納言も則光親子の邸に行ったことがある。左京《さきょう》の北西、二条大路《にじょうおおじ》に面したところだ。このあたりは主上の別邸や名のある貴族の邸が軒《のき》を連ねていた。恩ある乳母の家族のことと、当時まだ出家されていなかった法皇が特別の配慮でくださったとか……。

季節の折々に花をつける木や、堂々とした松が植えられて、とても美しい邸だった。主である則光の父・敏政の性格を反映して、華美ではないがとても居心地がいい邸だった。

「けど、どうしていいかわからなくて。だから、迷惑なのは百も承知で、おまえに相談しようって。あ、もちろん、金を立て替えてくれなんてことを言いに来たわけじゃなくてだな」

清少納言は手のひらを軽く突き出すようにして、則光を落ち着かせた。

「借りたお金は返さなくちゃいけない……」

清少納言が独り言を呟くと、則光ががっくりとうなだれた。

「それは……そうだよな。うん。邸を出るのも前世からの報《むく》いかもしれない。でも、聞いてもらえて少し気が晴れたよ」

則光がため息と共にそんなことを言っていると、清少納言は黙って拳を入れた。則光は身体を折って、「ぐふっ……」と呻《うめ》く。

「何をひとりで悲劇の主人公ぶってるの？　あんたがそんな役をするのは一万年早いわ。たしかに借りたお金は返さなくちゃいけない。でも、法外な取り立てに、どうして応じなければいけないのよ」

「え？」と則光が驚いたような顔になった。

早くも則光の目に喜色が戻ってきている。気の早い男だなと呆れつつ、清少納言はまた独り言を呟いた。

「外道を打ちのめすのもまた――いとをかし」

清少納言はそのあと則光と手短にいくつか打ち合わせしたのだった。


その日の夕方には内裏中にある噂が広がっていた。

「おい、聞いたか。誕生仏が歩いたって」

「違う違う。誕生仏が二体に分かれられたんだよ」

例の、尾張の誕生仏が清涼殿の広間に出現したことについて、みながあれこれ言い出していたのだった。

「いずれにしても、これぞまさしく神仏のご加護よ」

「いやいや、天に二日《にじつ》がないように、お釈迦さまはただひとり。これはよろしくない、よろしくない」

男たちだけではなく、後宮の女たちもあれこれと噂していた。めでたいことであるとする意見と、何かしら悪いことが起こるのではないかとする意見の二つに分かれている。

噂というものは人から人へと伝わっていくうちに変質するものだ。

何人か、あるいは何十人かを経《へ》て戻ってきた噂は、ときにまったく正反対の内容に変わったりする。そのうえ、悪い噂のほうがおもしろい。他人事《ひとごと》ならば。

今回の誕生仏の一件も同じような道を辿《たど》っていた。

三日ほど経つと「あの二体目の誕生仏はいかがなものか」という声が強くなってきたのだ。要するに、やはりお釈迦さまはひとりであるべきだというのだろう。

そんな現状を誰あろう、紫式部が簀子で教えてくれた。中宮定子の夕食が終わって、その片づけをしているときだった。どうしたものでしょうねと、なまじ自分も関与してしまったために、噂の流れに心を痛めている様子だった。

清少納言はにこやかに聞いていたが、一言で結論づける。

「みんな、暇なのよ」

「……そうかもしれません」

珍しく紫式部が清少納言の言葉に素直に同意した。ただ、その表情は暗かった。

「人の噂や悪口はあれこれ言うくせに、いざ自分が噂や悪口を言われる側になると文句を言う。ばかばかしいったらありゃしない」

祖扇を開いたり閉じたりしていた清少納言だが、ぱちりと大きな音を立てて祖扇を閉じると、立ち上がった。

「どこかへ行くのですか」と紫式部が問うと、清少納言は猫目を細める。

「尾張のところへ。一緒に来る？」といたずらっ子のように誘った。

「何をしでかすかわからないあなたに手綱《たづな》は必要です」

内侍司の一員の尾張は上役である小宰相たちと共に、弘徽殿に局を持っていた。清少納言と紫式部が訪ねていくと、ちょうど仕事が終わって、同室の小宰相と一緒にくつろいでいるところだった。

「これは……清少納言さま。それに紫式部さま」

慌てて居住まいを正そうとした尾張を、清少納言が押《お》し止《とど》める。

「そのままでいいわよ。私はあなたの上役でもないし。私のほうが年上だろうけど出仕して半年にも満たない新人ですし。こっちの紫ちゃんはどう思ってるか知らないけど」

すると紫式部は、清少納言を完全に無視するようによそ行きの笑顔で指先をついた。

「勝手に押しかけた無礼をお許しください。少しお話がしたかっただけですので」

尾張たちが顔を見合っている。

「何だか噂がいろいろ広がって大変なようですね」

と、清少納言がいきなり核心に触れた。紫式部と小宰相が眉根《まゆね》を寄せる。だが、尾張は愛嬌のある丸顔にどこかすっきりしたような色を浮かべていた。

「それこそ、お釈迦さまは〝人の噂も七十五日〟と教えてくださっています。私としては祖父から受け継いだ誕生仏をこれまで通り、大切にしていくだけです」

「立派な心がけね。ところでその誕生仏は?」

「奥にきちんとしまってあります」

「いつもそんなふうにしていたの？」

「はい。私が出仕するときに祖父が特別に持たせてくれたのです。祖父は昨年亡くなったので、形見にもなってしまいましたが」

「そうですか。お祖父さま、心からお悔《く》やみ申し上げます」と紫式部が痛ましげな表情で相づちを打っている。

「ありがとうございます。――この誕生仏のことは、これまで誰にも内緒にしてきました。今度のことでおおっぴらになってしまいましたけど」と尾張が素直に頷いた。横では、小宰相が無表情で話を聞いている。

「返す返すも、どうしてあの場に誕生仏が現れたのでしょうね」

「わかりません……。内裏の警備を担う舎人にも調査を依頼したのですが、いまのところはかばかしい答えもなく。とりあえず、また誰かに持ち出されるといけないと思って、隠す場所は変えましたが――」

「では、あなたは誕生仏が出現したという御仏の威神力《いじんりき》の噂は信じていない、と？」

するとと尾張が少し青くなった。

「また何を言っているのですか、清少納言」と紫式部が嚙みつく。

「私はいま、尾張どのに訊いているの」

「み、御仏を信じていないわけではないのです。けれども、やはり誰かが持ち出したのではないかと……」

「念のためだけど、尾張どのが自分で持ち込んだのではないのですね？」

「はい。私は朝からずっと弘徽殿に詰めていました。一緒に仕事をしていた仲間もいますので、嘘ではありません」

「そうですか」と清少納言がかすかに猫目を細める。わずかに口角が上がった。

清少納言の表情の変化を何と思ったのか、これまで黙っていた小宰相が口を挟む。

「あの、清少納言どの。このような刻限にわざわざ弘徽殿までお越しとは、何か目的があってのことなのでしょうか」

小宰相は少しとがめるような口調になっていた。彼女についてきた紫式部もどちらかと言えば小宰相に同意するような表情だ。まったくどっちの味方なのだか……。清少納言はことさらにそれに気づかない振りをすると、華やかに微笑む。

「あらためて誕生仏を拝ませていただきたいかな、と思って」

小宰相は文句を言いたげだったが、尾張は笑顔で応じた。

「ああ、もちろんどうぞ。いまお持ちしますね」

尾張が立ち上がり、屏風の奥へ消える。不意に、清少納言も紫式部も小宰相も押し黙った。

紫式部は物言いたげにこちらをちらちら見ているが、無視を決め込む。

お待たせしました、と尾張が木箱を抱えて戻ってきた。木箱のふたを開けると、件《くだん》の厨子があり、誕生仏がある。清少納言は合掌・拝礼して、さらに誕生仏ににじり寄った。

「すばらしいですね」と同じく拝礼した紫式部が微笑む。

「ありがとうございます」と尾張がはにかんだ。

「同室の小宰相どののもこのようなすばらしい御仏があれば、何かのときにはお祈りをされたりして心を安んじられるのでしょうね」

と紫式部がうらやましげに言うと、「ええ」と尾張と小宰相が頷き合っていた。

「うーん」と清少納言が誕生仏に思い切り近づき、鼻をうごめかせる。

小宰相が明らかに不機嫌な顔になった。「ちょ、清少納言……！」と紫式部が衣裳の裾《すそ》を引くが、清少納言は気にも留《と》めない。

「やっぱり猫の匂いがするわね」

「ああ。私が後宮の猫の世話をしているので、匂いが移ってしまったのかもしれません」

「けれど、仏像を猫がくわえて持っていくわけもないし、厨子ごととなれば大きすぎて絶対無理」

「清少納言……っ。当たり前でしょ。仏像をくわえたりしたら傷がついてしまいます」

と紫式部が小声でたしなめた。小宰相と尾張の顔つきが強張っている。

仏像から身を引いた清少納言が、ふたりの強張った表情を見て、にやりと笑った。

「そうそう。仏像に傷がついたら——売ったときに値打ちが下がっちゃうもんね」

清少納言の言葉の終わりのほうは小宰相と尾張に向けられている。小宰相は今度こそ眉をつり上げ、尾張は青い顔でうつむいてしまった。

「清少納言どのっ。何なのですか。突然やってきて、訳のわからぬことばかり。挙げ句の果てに誕生仏を売ったときの値打ちをどうこうと、無礼にもほどがあります!!」

と小宰相が叱責する。紫式部が「小宰相どののおっしゃる通りです」と眉をつり上げるのを尻目《しりめ》に、清少納言は尾張をまっすぐ見つめた。

「とんだご無礼を。そろそろ失礼しますわ」と清少納言が典雅に微笑む。「——そういえば橘清臣」

「…………っ」

清少納言の言葉に、尾張はわかりやすくびくりと震える。

「——あの方、ずいぶんくしゃみをしてましたね。尾張どのもお風邪にはお気をつけて」

「……はい。ありがとうございます」

と尾張が無理やりな感じに声を絞り出した。

「そういえば、灌仏会の折に清臣どのの姿を見たときに、避けるような仕草をしてたけど、お知り合いでしたか?」

「い、いいえ?」と小宰相が答える。

なるほど。

清少納言はその答えに満足した。

「これ以上いてはおふたりに迷惑です。清少納言、帰りますよ」

と早々に紫式部が座を離れようとする。短気だなぁ、と清少納言は心の中で苦笑する。

足早に弘徽殿から遠ざかり、人気のない簀子まで来ると清少納言はゆっくり歩き出した。

「清少納言、あなたって人は本当に――はあ、はあ。傍若無人《ぼうじゃくぶじん》とはあなたのためにある言葉だとつくづく思いました」と一生懸命ついてきた紫式部が息を切らす。

「あらあら。紫ちゃんも『源氏物語』で籠《こ》もってばかりいないでたまには身体を動かさないとダメよ」

「大きなお世話です。本当に一体何がしたかったのですか」と紫式部が怪訝な顔をする。

「紫ちゃんもがんばった。いい質問をしてくれたわ。おかげでいろいろわかったわよ。ふふ。もうすぐ則光に頼んでおいたこともわかるでしょうし。あら、噂をすれば何とやら」

簀子の向こうから女童のみるこが早足でやってくる。手に小さな紙片を持っている。

「清少納言さま。先ほど橘則光さまよりお使いの童から、この紙片を届けるように、と」

ありがとう、と清少納言はみるこの頭を撫でてから紙片を広げた。中にある文字にざっと目を通し、清少納言は笑みがこぼれるのを抑える。

もう少しがんばらなければいけないが、たぶん、いとをかしな話を定子に献上できるだろう――。

翌日、昼過ぎになってから清少納言は再び紫式部を伴って尾張を訪ねた。紫式部は憮然《ぶぜん》とした表情だったが、「昨日のような無礼をさせるわけにはいきませんから」とついてきたのだ。紫式部流の冗談かと思ったら、驚くほど真剣な表情だったので清少納言は閉口するばかりである。

「もっと肩の力抜こうよ、紫ちゃん」

「あなたはもう少し真面目にことに当たってください」

尾張はちょうど後宮の猫たちに餌をやっているところだった。尾張は清少納言たちを見ると軽く頭を下げ、猫たちを他の人に任せてこちらにやってきた。

「あの、何か――？」

「小宰相どのはいらっしゃらない？　私、紫式部、あなた、小宰相の四人で話をしたいのだけど」

小宰相は側の局にいたが、ずいぶん複雑な表情をしている。どこか静かに話ができるところを、と清少納言が依頼すると、小宰相は先ほどまで自分がいた局に清少納言たちを案内した。雑用を担っている女童に人数分の水を持ってくるように申し付け、腰を下ろす。

「今日はどのようなご用件でしょうか。まだ日の高い公務の時間ですから、昨日のようなおしゃべりではないと思いますが」

「あら。もう昼を回って大抵の貴族たちはお仕事終わりですのよ？　もっとも内侍司のみなさまはまだまだお忙しそうで頭が下がります」

と清少納言が大して敬意を持っていなさそうに言うと、小宰相が口をへの字にした。けれども、昨日よりも怒りの気配は薄い。それよりも迷いのようなものがあった。

清少納言の言葉通り、すでに仕事を終えた貴族たちが庭で蹴鞠をする歓声が聞こえる。女童が水を持ってきて、銘々に配った。女童を外させると、小宰相が向き直る。

「それで、お話というのは？」

水で喉《のど》を潤《うるお》した清少納言が、くせっ毛をいじりながらやや上目遣いになった。

「やはり気になっているの。どうして尾張どのの誕生仏があんなところに移動していたのか」

清少納言がそう口にすると尾張が目線を落とす。

「御仏の不可思議力《ふかしぎりき》ではありませんか」

と小宰相が代わりに答えると、清少納言がかすかに口元を歪めた。

「昨日はそのようなお力は信じていらっしゃらないようにも見えましたけど？」

「…………っ」

小宰相が軽く睨むようにする。

「私は、尾張どのの誕生仏が厨子ごと儀式の場所まで勝手に移動したとは思ってない。なのでその手のくだらない噂でお困りだろうと思って、その解決に来たのよ」

そうだったのか、とでも言いたげな表情で紫式部が清少納言の顔を凝視した。

「それはそれは。ですが、噂がいくら立とうとも、誕生仏の尊さが減じるわけでもありませんから」

要するに放っておいてくれと言っているのだが、清少納言は無視する。

「灌仏会の日、尾張どのは儀式に参加されず、弘徽殿でずっとお仕事をしていた」

「そうです。前に申し上げた通りです。同僚が一緒でしたから嘘ではありません」

清少納言が頷き、小宰相に顔を向けた。

「小宰相どのは灌仏会のときは参加されていたのですよね?」

「ええ。……まさか私を疑っているのですか」

「清少納言、何を言い出すのですか」と紫式部が口を挟む。

「小宰相さまは何もしていません」

と尾張も言ったが、清少納言は手のひらで制した。

「尾張どのと小宰相どのは、同じ局で寝起きしてるわね。昨日も私が誕生仏を拝みたいと頼んだら、小宰相どのがいるのに、お構いなしに尾張どのはしまってある場所から厨子を運んできた。まるで隠してある場所がバレても気にしないように」

「それを言ったら、昨日は清少納言どののもいらっしゃったでしょう」

と小宰相が反論すると清少納言は頷いた。

「ええ。でも灌仏会の会場に厨子と誕生仏が出現する前には、あなたたちの局に立ち入ったことはない。だから尾張どのが誕生仏を所持していたなんて知らなかった。けれども、小宰相どのは知っていた。そうよね？」

「それは……」

「知ってるわよね？　だって、紫式部が一緒に拝んでいたでしょうと質問して、そうだとふたりで頷いていたのだから」

突然、自分の名前が出てきて、紫式部はきょとんとしている。紫式部としては世間話の延長だったかもしれないが、結構いいことを訊いてくれていたのだった。

「けど、それで私が尾張の誕生仏を勝手に持ち出した証拠にはならない」

「それではおふたりとも、自分たちはあの日、儀式の場所へ厨子と誕生仏を運ぶために何もしていないと、他ならぬ尾張どのの誕生仏に誓えますか？」

「…………」

尾張と小宰相が押し黙る。しばらくして尾張が口を開いた。

「清少納言さまたちは、どこまでご存じなのですか」

するとと、清少納言は肩をすくめた。「私はなんとなく。助手の紫式部はぜんぜん」

「え？」

尾張たちが顔を見合わせる。

紫式部は憮然とした顔で清少納言に言い放った。

「ええ。あなたのやることはさっぱりです。さっさと考えていることを話してください。あと私はあなたの助手ではありません」

清少納言は静かに水で喉を潤して説明し始める。

「灌仏会で供養する誕生仏はとても珍しいものよ。しかも尾張どのはそれをお祖父さまからいただいたとか。いくら戻ってきたからとはいえ、自分の局から持ち出された経緯を調べもしないのは明らかにおかしい。なぜ調べないかといえば、灌仏会のときに自分の誕生仏が持ち出されると尾張どの自身が知っていたから」

尾張が沈黙している。

「もちろん、尾張どのはあの日、弘徽殿でずっと仕事をしていたのだから、尾張どの自身が持ち出すことはできない。となれば」と清少納言は閉じたままの自らの衵扇で小宰相を指した。「尾張どのの了承のもと、尾張どのの代わりに小宰相どのが誕生仏を運んだ」

「…………っ」

小宰相の肩が震えた。清少納言は続ける。

「灌仏会が終わって尾張どのの誕生仏が出現したとき、何人かの方々がその誕生仏を拝んでいたけど、そこに小宰相どのもいたでしょ? 同じ局にいて何度か拝んだこともある仏像、しかも誕生仏なんていう珍しい仏像をそうそう見間違えるかしら。でも、あなたは素知らぬ顔をして有り難がっていた」

「……余計な演技を、してしまいましたか」

小宰相がしかめっ面になった。清少納言は苦笑する。

「むしろ本題は、なぜあなたがそんなことをしなければいけなかったか」

「もう、気づいていらっしゃるのですか」と小宰相が低い声で尋ねた。呼吸が乱れている。

たぶんね、と清少納言は猫目を細めた微笑みで、尾張に向き直った。

「尾張どのも小宰相どのも、内侍司に勤めていらっしゃる。内侍司は後宮十二司の花形。何しろ主上に近侍する秘書役だものね。ただその分、激務だし男の役人や貴族としょっちゅう顔を合わせる。両手を使うことも多いから、普通の女官女房たちのように男たちと対するときに袒扇で顔を隠す余裕なんてない。つまり、あなたたちにとって男に顔を見られる、あるいは近くに男が寄ってくることは珍しくはないし、慣れっこでしょ?」

「たしかにそうです」

「けれども、橘清臣だけは別だった」

その名を聞いて、尾張と小宰相の表情が沈む。

「橘清臣……そういえばあの広間にいましたね」と紫式部が呟いた。

借金取りの出来損《できそこ》ないみたいな貴族よ、と説明して清少納言が続ける。

「清臣が近づいてくると、紫式部は距離を取る動きを見せたわね」

「ええ。女御さま付きの女房の私は、男の方が近づいてきて顔が見られそうになるのは抵抗がありますので」

「でも、清臣が去っていくとき、なぜか尾張どのも同じように身を強張らせていた」

「……はい」と尾張が認めた。

「それにあいつの名を出すたびに、いちいちわかりやすく身を固くしている。それは男が苦手なだけでなく、あの男個人に何か弱みを握られている人間の反応ね」

ちょうど、借金返済のダメ押しをされたときの則光の反応にそっくりだと清少納言は思ったのだった。

「…………」

尾張が真っ青な顔で唇を噛んでいる。清少納言は目尻を少し下げて付け加えた。

「大丈夫。気づいているのは私だけ。紫式部もそんなことを口外するような女じゃない」

自分を信頼しているような物言いに、紫式部がちょっと意外そうな顔をしている。

尾張は迷っていた。

「…………」

「私の知り合いもあの男に金を借りていまとても呻吟《しんぎん》している。何とかしてやりたいと思っているのだけど……あなたも同じね？」

尾張はややあってから清少納言の言葉に頷き、おずおずと言葉を口にする。

「私、実家の父がすでに病身で仕事をできる状態になくて。兄が両親を養ってくれているのですが、どうしても当座の工面がつかないときがあって、そのときに清臣がお金を貸してくれると噂で聞いて」

「それでお金を借りてしまった。でも、とんだ食わせものだった」

「はい……。清臣は借りたお金に法外な利息をつけて、払っても払ってもまったく借金がなくならず……。そんなときに清臣がこう持ちかけてきたのです」

尾張の持っている誕生仏なら高く売れるだろうから、それを代わりによこせ。それがイヤなら後宮と実家に借金のことを話すが、それもイヤなら自分の女になれ、と。

尾張が悔しさと情けなさで泣き出す。隣の小宰相が尾張に腕を回して身体を支えた。

清少納言はそのふたりの様子を見ながら、続ける。

「困り果てた尾張どのは小宰相どのに相談した。借金のことも、誕生仏のことも。そして、ふたりで話し合ってこう決めた――誕生仏を多くの人の目に晒し、かつ他の人がうかうかと手の出せないものにしてしまおう、と」

「……そうです。相手は尊い仏像も借金のカタにしか考えない極悪人。けれども、尾張ひとりではなくみんながあの誕生仏を尊いものとして扱ったら、さすがにあの男でも手が出せないだろうと考えたのです」

「それで、『灌仏会に誕生仏が二体出現する』という現象を起こそうとしたのね？」

小宰相が尾張の代わりに頷いた。

「やり方は簡単でした。そもそも、尾張が誕生仏を持っているのは、同じ局の私しか知りませんでしたから、私がこっそり十二単の中に隠し持って灌仏会の広間まで持っていったのです。けれども、まさかこんなふうに尾張の誕生仏が批判されるなんて……」

尾張の誕生仏が、「灌仏会にお釈迦さまがふたりいるというのはかえって不敬ではないか」と批判されているのを指しているのだろう。

「いいえ。むしろ感謝しています。このようないわく付きの仏像など、誰も欲しがりません。この誕生仏は祖父の形見としてずっと私の手元に置いておけます」

「尾張……。でもそれでは、あの男があなたを――」

外で女童たちがはしゃいで走り回っている音が聞こえる。

清少納言は猫目に真剣な光をこめた。

「いまの小宰相どのの台詞、賛成。あんなひどい男に、この後宮のかわいいお花を一輪たりともくれてやるものですか。けれども尾張どの。お金がないけど返さなきゃって焦っていた気持ちはわかるけど、いちばん肝心なことが抜けている」

「え?」

「そもそもあの男はどうやって尾張どのの誕生仏を知ったのかしら。それは——」と清少納言は右手をまっすぐ持ち上げて十二単の袂からするりと白い指を伸ばし、小宰相に突きつけた。「小宰相どの。あなたが清臣に教えたから」

「ええっ⁉」と尾張が悲鳴のような声を上げ、小宰相の顔面が蒼白《そうはく》になる。

「な、何を根拠にそんなことを」

「あら? 自分でさっき白状したじゃない。尾張が誕生仏を持っているのは、同じ局の私しか知りませんでしたって」

「…………っ!」

「そういえば……」と尾張が手を口にあてて凍りつく。

尾張の視線に脂汗をにじませる小宰相に、清少納言が追い打ちをかけた。

「あのとき、清臣も驚いていなかった。それどころか冷静に尾張どのの持ち物だと明かしている。自分が借金のカタに取り上げようとしていた仏像が突然目の前に現れたら少しは慌てるもんじゃないの?」

まるであの誕生仏が灌仏会の折にあの場所に出現すると知っていたように。

「そ、それは――」と言った小宰相の顔色が、白を通り越して黒ずんできた。

清少納言の追撃は終わらない。

「それは――小宰相、あなた最初から清臣と仲間だったでしょ？　それで、いま流れているみたいな尾張どのの誕生仏への批判的な評判が広がったところで、うまく手放させる段取りだったんじゃないの？」

清少納言は眉を引き締め、猫目できりりと小宰相を見やった。

「な、何を言っているのですか」

「待って、清少納言。――いまのが真相だったとしても、それは小宰相どのの本心ではなかったのでしょう？」と紫式部が口を挟む。その言葉に、小宰相がぱっと顔を上げた。

「紫式部どの……？」

生真面目な表情で紫式部が言う。

「この清少納言は、ここまで結構イヤな口の利き方をしています」

「ちょっと！」と清少納言が抗議するが、紫式部が無視する。

「けれども、おふたりともこんな無礼者の清少納言を大目に見てくれている。ところが、昨日清少納言が仏像をお金に換える話をしたときには、小宰相どのは清少納言も驚くほどに感情を露わにされた」

「それは……」

紫式部は続けた。

「自分がやろうとしている悪事を暴《あば》かれたと感じたと同時に――仏像を借金のカタに出すという罰当たりな行為への嫌悪が自然にほとばしったのではありませんか」

「――はい」小宰相がうなだれる。尾張が声もなく小宰相を見つめる。

「残る問題はその動機ね」と言って、清少納言は尾張に語りかけた。「灌仏会のとき、あなたの仏像を囲んでいたときの小宰相どのの様子は覚えている？」

「ええ。紫式部さまと一緒に身体を固くして、あの男から距離を取るようにされていて……」そこで尾張が何かに気づいたような顔になった。「まさか、小宰相さまも……？」

清少納言が小さく頷く。

「清臣を悪事を企《たくら》んでいる相手とだけ思っているなら、もっと冷ややかな見下したような目つきになるかもしれない。けれども、小宰相どのも、清臣を避け続けていた。男と接し、素顔まで見られているのが普通の内侍司の一員なのに。私の知り合いが清臣の取り立てで苦しんでいるって言ったでしょ？　そいつに聞き出してもらったのよ。小宰相どののご主人、清臣に相当つきまとわれているんだって？」

小宰相が目尻に涙をにじませていた。

「……最初はこんなことになるなんて考えなかったんです。けど、取り立て額がどんどん増えていって」

「小宰相も相当苦しんだのね。さっきから清臣のことを極悪人とか、ものすごく悪し様に呼んでたものね」

「――はい」と小宰相が静かに嗚咽《おえつ》している。

「小宰相。あなたは最初からぜんぶ知っていたのですか」

尾張の声が震えていた。清少納言が祖扇を開いて尾張と小宰相の間に差し入れる。金地のあざやかな祖扇に、ふたりの気がそれた。

「小宰相が許せない気持ちはわかるわ。でも、厳しいことを言うけどあの小悪人から金を借りることを選んだのは、最後は自分だったのよ、尾張」

「それは……」と尾張は唇を嚙む。

「それに小宰相は何度も何度も手がかりをわざと教えてくれた。知ってる誕生仏なのにあえて両手を合わせてみせたり、清臣への嫌悪を自然に露わにしてくれた。本当にぐるならぜんぶ知らん顔していればいいのに。バレたら清臣からどんな嫌がらせがあるかわからないのに」

その言葉に小宰相が涙をこぼした。

「清少納言さま……」

「小宰相がくれる手がかりがなかったら、私が謎を解くのにもう少し時間がかかったかもしれないのよ、尾張」

「………」

「恨み心で恨みは解けないと、お釈迦さまだって説いたのでしょ。――それでも気持ちが収まらないなら、それは清臣にぶつけなさい」

え、と小宰相と尾張が清少納言を見返した。

「さあ、これで謎解きはおしまい。次は反撃よ」

清少納言の目に炎が燃え上がる。

「あの、清少納言さま。一体どうするおつもりなのですか？」

尾張も小宰相も、すでに借りたお金分くらいは返しているようだった。それを聞いて清少納言が高らかに宣言する。

「そもそもの悪事の源は橘清臣。敵はヤツひとり。清臣にはこの清少納言が直々に、最高のおもてなしをしてあげましょう。もちろん、紫式部にもふたりにも手伝ってもらうわよ」

事情のいまいちわからない尾張と小宰相は首をひねるばかり。これまで何かと対立していた紫式部は黙って清少納言の言葉を聞いていた。いまに限って言えば、反対というよりもむしろ賛成と言いたげな顔つきである。

かくして、清臣へのお裁きは着々と進行していくのだった。

◇◇◇

灌仏会から五日経った橘則光の邸――。

清臣が借金の取り立てにやってくると言っていた日であり、清臣の言葉通りなら邸を明け渡さなくてはいけない日だった。

ところが朝早く、清少納言のお使いのみるこが、「解決済」とだけ書かれた木簡を届けにきた。

「則光、何かあったのか」と父・敏政が首を伸ばす。清臣の来訪が今日のいつかわからないので気が気ではないのだろう。

「大丈夫だ。何でもない」

敏政には「邸は取られない。安心してくれ」と言ってあるのだが、この木簡だけでは説明のしようがない。

それ以外、清少納言からは何の音沙汰《おとさた》もなかった。

則光は、清少納言を信じないわけではないが、清臣が乗り込んできたときのために今日は仕事を休んで家にいる。

朝日が昇り、通りが賑《にぎ》やかになり、昼になって貴族たちの仕事が終わり、日が傾いて夕暮れがあたりを染めた。

「遅い――」則光と敏政は、歯を食いしばるようにして焦れる思いに耐えている。

そこへ、清臣の雑色《ぞうしき》を名乗る男が書状を持ってやってきた。則光は唾《つば》を飲み下して、その書状を開く。するとそこには「これまでの金銭にて借金は返済が完了していました。当方の計算間違いで、大変ご迷惑をおかけしました」と、したためられているではないか。

則光と敏政は何度も書状を読み返し、互いの顔を見つめ合ってはまた書状を読み、呆然としてしまった。

「一体何があったんだ」

すっかり暗くなって満天の星が、「解決済」の木簡を照らしている。

◇◇◇

その翌日、後宮の登華殿の廊下を清少納言が鼻歌交じりに歩いていた。春の管弦の遊びでよく使われる曲である。

少し後ろにいる弁の将があたりを窺いながら、清少納言に声をかけた。

「あの、清少納言？　大変機嫌がよろしいようですけど。紫式部が見つけたら――彼女でなくとも大抵の女房女官から――はしたないと眉をひそめられること必定かと……」

清少納言は猫目を細めて笑みを浮かべながら、くるりと弁の将に振り返る。

「だって昨日はいとをかしなひとときを満喫できたのですもの」

「先ほどはわざわざ訪ねてきた橘則光どのをけんもほろろに追い返してましたけど」

「それはあいつがばかだから仕方ないじゃない。清臣が金貸しを廃業して、これまでの全員の借金を帳消しにしてくれた。悩みを解決してやったっていうのに、何をしたんだ、法に触れてはいないだろうなって。私を何だと思っているのよ」

「清少納言さまだと思っていますよ」

と、弁の将がため息をそっとついた。

清少納言は再び弁の将に背を向ける。悪人も成敗したし、中宮さまへのいとをかしな話を献上できそうだし、と清少納言は軽やかに定子の御座所に向かっていた。

中宮定子は清少納言の話を、目を輝かせて身を乗り出すようにして聞いてくれた。

借金に絡むところはやはり個人の名誉が絡んでくるから、尾張たちのことはぼかしたけれど、則光については実名で話す。真実がないと話に迫力が生まれないからだ。

誕生仏が二体出現した真相、その裏にあったどろどろした借金地獄、そして清少納言が切々と則光たちの窮状を訴え、清臣が改心して金貸しから手を引いたことを、身振り手振りを交えて語った。

しかし、定子は「その謎解き——いとをかし」と満足げに脇息《きょうそく》にもたれたあと、天真《てんしん》爛漫《らんまん》な瞳を差し向ける。「それで、清少納言はどうやって清臣をあきらめさせたの?」

「え……?」と、清少納言が笑顔のまま固まった。

「それほど厳しい取り立てをしていた男が、いかに中宮たる私のお気に入りとはいえ、清少納言の説得だけで金貸しをやめるところまでいくとは思えないもの」

「そこは——それ、悪人にもかすかに良心が残っていたと申しますか……」

と清少納言がごまかそうとするが、定子は許してくれない。

定子が何も言わないで清少納言を見つめていた。

「えっとぉ……」

「ん?」と定子が小首を傾げる。十歳以上も年下なのに、まるで「母は何でも知っているのよ? 正直に話したら怒らないから話しなさい」と言われているような威圧感……。

鵯《ひよどり》の鳴き声がしている。

「あー……本当のところは、ひょっとすると、ですね——」

清少納言は観念してしゃべり始めた。

清臣には弱点があった。

それを清少納言は灌仏会の広間で察知していた。清涼殿の広間で、清臣がくしゃみを連発していたのはなぜか。清臣は「猫が苦手で、猫に触れたり、猫の匂いや毛で、くしゃみなどが止まらなくなる」体質だったのだ。それを使って懲《こ》らしめてやろう。

計画を知らされたとき、真っ先に紫式部がうんざりした顔をした。

「懲らしめるというからもっと劇的なものを想像していましたのに……何て姑息《こそく》で尾籠《びろう》な方法を考えているのですか」

清少納言は涼しい顔で反論する。

「死んで地獄に堕《お》ちて、どんなに金を積んでも地獄の釜《かま》ゆでの熱さが下がらないと思い知らせるのがいちばんだろうけど、それだと清臣に死んでもらわないといけないでしょ?」

「死んでもらう……そんなことは許されません」

殺生の罪を犯すわけにもいかず、紫式部も不承不承納得した方法とは——。

一昨日——則光の期日の前日——、清少納言は小宰相を通じて、清臣を呼び出した。

「ちょうど親戚《しんせき》から山海の珍味が手に入ったのです。どうぞお召し上がりください」

と内侍司で磨き抜かれた礼法で小宰相がもてなせば、清臣はすっかり飲み食いに専念した。

膳《ぜん》には水気の多い果実、塩辛やいろいろな塩漬けが並んでいる。

初夏の昼は暑い。ことに一昨日は猛暑のような暑い日だった。そこで塩分と酒をこれでもかと摂取させれば——腹痛を起こすのは自明だった。

清臣がもじもじし始めると、隣でこっそり覗《のぞ》き見《み》していた清少納言たちは清臣のいる局に猫を何匹も放り込んだ。あなや、と清臣が驚いている隙《すき》に局の格子をすべて下ろし、牢《ろう》屋《や》のようにしてしまった。

たまらないのは清臣である。

「はっくしょん。はっくしょん。た、助けてくれ。厠《かわや》。厠に行かせてくれ」

腹を下して厠を我慢していたところに、くしゃみを連発するのだ。なお、ダメ押しとして下剤に用いる朝顔の種も酒に混ぜて飲ませていた。

格子越しに清少納言と紫式部が現れる。隣には小宰相と尾張がいた。

「あんたのおかげでひどい目に遭った人たちの苦しみはそんなものではないわよ」

と清少納言が腕を組んで言い放つ。くしゃみをしながら清臣が目をむいた。

「せ、清少納言と紫式部!? それに尾張か。どういうことだ、小宰相。はっくしょん、卑《ひ》怯《きょう》な、はくしょお、真似を、あくしょん、しやがって、はくしょん、おぬしらこそ、くしゃんくしゃん、恥を知れ、ぶわっくしょん」

どのように悪態《あくたい》をつこうがまったく迫力がなかった。

「借りたお金は返さなければいけない——なるほどその通り。市の童でもわかる理屈よ。ただしそれは貸したお金の範囲でのこと。このふたりも、則光のお父さまもすでに借りた金以上にあんたにむしり取られているわ」

「手間賃というヤツだ——はっくしょん。厠、厠に行かせてくれ」

「だったら金で決着してみせなさい。小宰相、尾張。あなたたちはこの男に、お金以外のもので借金の返済をする条件でお金を借りたの？　そんな約束を書いた？」

清少納言の問いかけに、ふたりがはっとなって答える。

「そんなことはしていません」と小宰相。

「私もです。そのような約束を書いたようなものもありません」と尾張。

清少納言が酒食の膳と猫の間で悶《もだ》えている清臣を叱《しか》りつけた。

「尊い仏像や穏やかに家族が住んでいる邸を取ろうなどと、お門違いも甚だしいッ。内裏の中のしかるべきところにあんたの悪行をぜんぶ報告するわよ。何しろ私は中宮さま直属の、紫式部は女御さま直属の、ちょっと有名な女房だから」

紫式部が仏頂面をしていた。黙って清臣を見つめている。不本意この上ないのだが、命を奪うわけにもいかず、清少納言の言うがままに従っている自分への憤懣《ふんまん》やるかたない想いも染み出していた。

「ぐぐっ」と清臣が歯を食いしばる。そばで猫が戯《たわむ》れ、またくしゃみがこみ上げていた。

「欲深は身を滅ぼすってことよ。金貸しをやめるなら、厠に行かせてあげる。それとも自慢の金の力でいますぐここに厠を用意できる？　どんなに金を積んだって、厠ひとつ用意できない。そんなばかばかしいもののためにここで粗相をして人生を棒に振るの？」

「そんな情けないことするものか」

「だったら金貸しやめなさい。私は心が美しければそれでいいなんて、きれいごとは言わないわ。お金に困らないくらいのお金は大事だと思うし。けど、お金は死んであの世に持って帰れない。厠の中の金なんて誰も欲しがらないしね。金は万能なんかではないの」

「俺の金は右大臣道長さまにも献上して繋《つな》がりがあるんだぞ。こんなことをしてただですむと思うなよ」

不意に出てきた道長という大物の名前に清少納言は高らかに笑った。

「おほほほ。訊かれもしないのに重要人物の名前を暴露してくれてありがとう！　でもね、こんな状況で名前を出されたら、私が道長なら金輪際あんたとは縁を切るわ」

とことん切羽詰《せっぱつ》まって、訳がわからなくなっていたらしい。

「畜生……。けど、わかった。もういい。金なんていいから厠へ――」

「当然、まだ返済が残っている人たちの借金もぜんぶ帳消しにすると一筆もらうわよ」

と、清少納言が満面の笑みで紙と硯《すずり》を用意する。清臣が情けない顔をした。

……かくして橘清臣は金貸しを廃業した。後始末はすべて紫式部に押しつけて、清少納言は帰還したのだった。

「うふふ。いとをかし」と定子がさすがに苦笑していた。「内裏の中のしかるべきところに言いつけると言って、具体的な役所を言わないところがさすがね」

「はい。そうすれば相手は勝手に想像してくれますから」

「それにしても……。清少納言ったら」

他の女房たちが顔をしかめて目で会話していた。清少納言も話しながら「あ、私、これやりすぎだわ」と思っている。定子も苦笑止まりだったし。

清少納言がくせっ毛をいじっていると、定子が近くの折敷《おしき》から唐菓子をひとつ取って手ずから渡してくれた。唐菓子は小麦粉に甘みのある甘葛《あまづら》の汁を混ぜてこね、形を整えて焼き上げるなどしたもので、果実以外での珍しい甘味である。ごほうびだった。

清少納言が恭しく唐菓子を受け取ると、さらに定子が手招きした。緊張でがちがちになりながら清少納言が近づくと、秀麗な定子が清少納言の耳元に口を寄せる。

誰とは聞きませんが、と言う定子のささやき声と甘い息に、ぞくぞくした。「ひっ」と顔が熱くなる。耳から身体中に鳥肌が立ってしまう。

顔が赤くなっているのがバレているのではないだろうか。いたずらっぽい表情の定子が言葉を続けるが、内容はあまりにも真剣なものだった。

「もし、今回の一件で内侍司にいにくくなる女官が出たら、すぐに私に教えなさい。本人が望めば、私の女房として後宮に残してあげるから。何人でも。もちろん、俸給もいままで通りに」

定子の息に身もだえしていた清少納言が、不意にはっとなって定子の顔を凝視する。

自分よりも十歳以上年下の美姫《びき》なうえに、この器の大きさ、気遣いの細やかさ、頼りになる心根はどうだろう。

「心から感謝申し上げます」

清少納言は有り難さを嚙みしめながら平伏した。道長に啖呵《たんか》を切った通り、いやそれ以上に、自分は器量のすぐれた主人に仕えている。これを幸せと言わずに何と言おうか。

「ひとつ気になったのだけど」

「何でしょうか」

「誕生仏に猫の毛がついていたとか。お世話をしているだけで仏像に毛がつくかしら」

「…………」

「もしかしたら、あなたに気づいてほしくて誰かが仕込んでいたのかもと思ったの」

「あ。あ……そうかもしれません」

清少納言が主の気づきに再び平伏し、定子は女房たちに命じて管弦の遊びを始めた。

第三章　女たちの賀茂祭《かもまつり》

四月になると宮中だけでなく、都中の人々が日を指折り数えて待つ催し物があった。

賀茂大社の祭りである。

四月の中《なか》の酉《とり》の日に開催される賀茂祭は、都で「祭り」と言えば、賀茂大社の祭りを意味するほど、人々に愛されていた。賀茂大社の神紋と同じく葵祭《あおいまつり》と称されるのはもう少し時代を下ってからである。

何と言っても盛り上がるのは、主上の使者にして代理人である勅使《ちょくし》が二ヵ所の賀茂大社に参向する「路頭の儀」である。葵で飾り、美々しい衣裳を身に纏った何百人もの行列が続くさまは、あまりの美しさに見物する者たちが涙するほどだった。

「灌仏会が終わって、今度は祭りですね」と弁の将がうきうきしている。

登華殿から弘徽殿への渡殿《わたどの》から見れば、飛香舎の藤《ふじ》の花が絢爛《けんらん》に咲き誇っていた。「藤《ふじ》壺《つぼ》」の別名の通りだ。なるほど、紫式部が『源氏物語』の大事な登場人物に藤壺を名乗らせたかった気持ちがわかるな、と清少納言は思った。

「いいわよね。賀茂祭」と藤の花を眺めながら、清少納言がうっとりしている。「後宮だけでなく、都のみんな全員がわくわくしている感じがたまらなく好き」

弁の将が横に並んでまじまじと清少納言を見つめた。

とても、先日、悪辣《あくらつ》な金貸し役人を嗜虐《しぎゃく》的に撃退した人間の台詞とは思えない。けれども、あの男は清少納言の物差しで見ればさもしさの極だった。誰とも豊かさを分け合えず、ひとりで私腹を肥やすだけに専念していたのだから。

「なるほど……」と弁の将が感心している。

「都にはいろんな食べ物があるけれど、私に言わせれば世界でいちばんマズい食べ物ははっきりしてるわ」

「それは何ですか」

と弁の将が尋ねると、清少納言は猫のような目に笑みを浮かべて答えた。

「ひとりぼっちで食べるご馳走《ちそう》。すごいご馳走であればあるほど、そして周りで見ているだけの空腹の人が多ければ多いほど、マズくなること請け合いよ」

答えを聞いた弁の将が、笑いながら急に清少納言を拝み始めた。

「まるでお坊さまのような尊いお話を伺いました」

「うむ。苦しゅうない。お布施は祭りの特等席でよいぞよ」

ふたりは声を上げて笑い合う。

ただ、ふたりの職務としては笑い事ではなかった。祭りは都中の楽しみだ。貴族も女房も雑色《ぞうしき》も庶民も、みなその行列を眺めたいと思っていた。眺めるだけではなく、できればいい場所が欲しい。となれば、場所取りに頭を悩ませることになるのだった。

清少納言や弁の将は、中宮定子に仕えている。だから、何を置いてもまずは定子によい見物場所を取らなければいけなかった。

「毎年毎年、見物席を巡って貴族同士で揉《も》め事《ごと》がありますけど、何とかならないのでしょうかね……」

と、弘徽殿の簀子を曲がりながら、弁の将がぼやいている。

「そこそこの位の者同士が、自分のほうが上だと思ってわがもの顔に振る舞おうとするから、その貴族に仕える下の者たちもそんなふうに振る舞うのよね。ばかばかしい」

清少納言が衵扇でしっかりと顔を隠した。弁の将もならう。このあたりは男の役人の目も多くなってくるのだ。

内裏のそこここで童や女童の浮かれはしゃぐ声がした。足音高く走っては、年かさの女房に叱られているのもかわいらしい。

弘徽殿で青朽葉《あおくちば》や二藍《ふたあい》の反物を受け取った。荷物で顔を隠すのに難儀しつつ、ついでに定子の牛車《ぎっしゃ》の飾り付け具合の確認にも足を伸ばす。

漆と金細工などで丁寧に仕上げられている牛車を前に、ふたりはため息をついた。

「すてき……」と弁の将が反物を落としそうになる。

「本当。ここに中宮さまがお乗りになって、出衣《いだしぎぬ》を美しく垂らされて。きっとすてきだろうなぁ」

と清少納言がうっとりした。

清少納言が作業を静かに見守っていると、背後から紫式部が声をかけてくる。

「あら。こんなところに清少納言。珍しい」

せっかく天上の美たる定子を想像していたのに、禍々《まがまが》しい声に気分を害された。

「あらあら。こんなところで紫式部。お暇なの？」

振り向けばいつもの生真面目そうな紫式部が、衵扇で顔を隠しながら直立していた。

「お暇なわけないでしょう。女御さまの牛車の仕上がり具合の確認です」

暇かと言われて、少しお怒りになったらしい。こっちだって少しいらっとしたのだから
と清少納言は、さらに紫式部をおちょくることにした。

「私は暇よ？　あなたと違って目の前の仕事はすぐ片づけてしまうから。おほほ」

「暇と言いつつ、いま思い切り荷物を持っているじゃないですか」

なかなか痛いところを突いてきたな、なんてことはない。

「この反物はいま受け取って登華殿へ持って帰るところ。それからあらためてここまで来て牛車の様子を見に来たのでは二度手間よ。しかもここで牛車の様子を確認しておけば、戻ったときに中宮さまに様子をお伝えできる。一石二鳥」

「世の中には、二兎を追う者は一兎をも得ずという言葉もあります」

作業をしている役人がびっくりしているが、弁の将が「あ、どうぞ。お気になさらずに続けてください。今日は暑いですね」などと笑顔で対応している。

しばらく紫式部をいじっていた清少納言だが、「清少納言さま」と自分の名を呼ばれて振り向いた。弘徽殿の奥からみるこがやってくる。いまは紫式部が清少納言の立ち居振る舞いにいつものように説教をしているところだったが、清少納言は紫式部の唇に人差し指をかざして黙らせた。

「みるこ、私はこっちよ」

笑顔の清少納言が軽く手を伸ばすと、みるこがぱっと笑顔になって足を速める。

「清少納言さま。清涼殿の局で、橘則光さまがお待ちになっています」

その瞬間、清少納言の顔が渋柿《しぶがき》を頬ばったように変わった。

不承不承、みるこの先導で清涼殿の局に行ってみると、則光が童を伴って待っていた。則光は何が楽しいのか、朗らかな表情をしている。側にいる童は身なりこそきちんとしていたが、まだまだ走り回りたい盛りのやんちゃそうな様子が身体中から溢れていた。童としてもまだまだ背が低いだろう。大柄《おおがら》な則光の横にいるからなおさら華奢《きゃしゃ》で小さく見えた。

「清少納言さまをお連れしました」とみるこがどこか誇らしげに言う。清少納言としてはすっと入ってさっと終わらせたかったのだけど、みるこの手前、そうもいかなかった。ならばむしろ、堂々と振る舞うか――。

「お待たせしました、則光どの」

相扇で目以外を強固に隠して腰を下ろす。

「やあ、清少納言。来てくれてありがとう」

と則光がにこにこしていた。来てくれても何もおまえが呼んだのだろ、とはみるこや童たちの手前、言わない。

「本日はどのようなご用向きで……」

中宮付き女房としての立ち居振る舞いに気をつけつつ、清少納言は話を進めた。

「あ、うん。先日は本当にありがとう。父も母も息災で過ごしている」

例の借金の一件のことのようだ。子供たちがいるのであからさまに表現するのが憚られたのだろうと清少納言は思った。けれども、こういうときに貴族というものは歌を詠《よ》めばいいと教わっているはずなのだが……。

「私は何もしておりません。すべては灌仏会の御仏の功徳なれば」

やはり子供たちの前で話すことではないし、自分の手柄《てがら》にするつもりもない。

日射《ひざ》しが強くなってきましたね、と清少納言が局の外に視線を移しながら話題を変えた。

「まったく。つい先日衣替えをしたと思ったらすぐに暑くなってきた。あ、それでな、清少納言。この童は竹丸《たけまる》だ。気働きがよいので、今後は内裏や後宮へのお使いの頻度を増やそうと思っているんだ。それで、清少納言にもきちんと紹介しておこうと思って」

竹丸が真剣な顔で一礼する。夏らしいさっぱりした童の衣裳が見ていて気持ちがいい。

「こちらこそ、よろしくお願いしますね」

と清少納言が猫目に笑みを浮かべて軽く頭を下げながら言うと、竹丸が目を見張った。

「あ、清少納言さまのような高い身分の方がそのようなことを……」

「あらあら。私はただの女房よ？　身分だってそんなに高くはない。身分が高いのは、私がお仕えしている中宮さま」

清少納言が嚙んで含めるように説明すると、則光が楽しそうにして竹丸をつついた。

「な？　ははは。こういう気持ちのいいヤツなんだよ、清少納言という女は。頭もいいしな」竹丸が返答に当惑している。「まったく女にしておくのが惜しいよ」と則光が言った。清少納言は目をやや細めると、声を低くする。

「にくきもの。女の才能を認めない男」

「冗談だよ、冗談」と則光が慌てる。「おまえが男になったら、その、俺がつまらぬ」

「くだらない冗談を言いに来たなら、お出禁にしますが」

「俺が悪かった。許してくれ」

まったく、男というのはどうしてこう、終わった恋を隙あらば甦《よみがえ》らせようとするのだろうか。冷めた恋の眼差しは男の偽りの魅力を剝ぎ取る。焼けぼっくいに火はつかない。女は過去の恋にめそめそと執着していないのである。

「みるこ、則光どののような男と親しげに言葉を交わしてはいけませんよ？　竹丸のほうがよほど私には凜々《りり》しい殿方に見えます。そうだ。則光どのとのやりとりには必ず竹丸を間に置きましょう」

はい、と頷くみるこが一礼すると、「あ、え？　はい。がんばります」と竹丸が訳もわからず一礼した。

「それで、なんだけどな」と則光が薄く笑いながら言葉を挟んでくる。

「どうぞ」と最低限の答えをした。経験上、何らかの頼み事だろうというくらいは見当がつくし、それがあまり望ましくないとも直感している。

「母が長いこと病気だったのだがすっかり元気になってな。快気祝いとは言わないが、できれば、賀茂祭のよい場所を教えていただければと思って……」

清少納言はちょっとだけ目眩《めまい》がした。

「あの、そういうご相談は貴族たちでされたほうが早いのでは？」

別れた女に祭りの見物席の手配を頼むな。

「うん。まあ、そうなんだけどさ。俺がその辺で動くとどうしても母の名前が出ざるを得なくなって。そうなると結構話が大きくなるから」

則光の母・右近は現在の花山法皇の乳母である。たしかにその名前を前面に出したら、花山法皇の権威を笠《かさ》に着た行為のように見られるだろう。

ちなみに、則光の母が花山法皇の乳母ということは、則光は花山法皇の乳兄弟になる。清少納言もよく忘れているが、彼はそこそこすごい人物だった。もし則光に、法皇の乳兄弟という立場を使い倒す欲深さがあったとしたら、かなり高い位にとんとん拍子で出世しただろう。

ただ、法皇の乳兄弟という立場を利用しないのが則光の好ましいところであり、則光の両親がきちんと彼を育てた証左とも言えた。

事情はわかった。けれども、「はい、わかりました」と安請け合いはできない。何しろ藤原摂関家《せっかんけ》を筆頭にすべての貴族と女房と女官と庶民が、いい見物場所が欲しくてそれぞれの伝手《つて》を手繰《たぐ》っているからだった。

実情を明かせば、清少納言に同様のお願いはすでに十を超える貴族から寄せられていて、そのすべてを断っている。

「一応、お話だけは伺いました」と言って、則光の隣に控えている竹丸の童らしいつやつやした髪を眺め、「竹丸の凜々しさに免じて、努力はしてみます。けれども、引き受けてすぐにこう言うのもアレだけど、他にも声をかけておいたほうがいいわよ?」

するると、則光と竹丸が一緒に目を輝かせた。

「ありがとう、清少納言。恩に着る」と則光が平伏する。

「ちょっと待って。いまの私の話、聞いてた? ちゃんと他の伝手でも探してよ? それで、そちらのほうでいい席が取れたら、私との約束は反故《ほご》にしていいから」

わかったよ、と則光が笑顔で頷いた。本当にわかってくれたのかしら……。

簀子を浮かれて変な格好をした女童たちが騒ぎながら走っていった。

そのときだった。

「おっと、お邪魔だったかな」と、張りのある壮年の男の声がした。

聞き慣れない声だったが、誰だか清少納言にはすぐにわかった。清少納言がその名を口にする前に、几帳の向こうで声の主に振り向いた則光が狼狽えたような声を発する。

「ふ、藤原道長さま……!?」

右大臣・藤原道長が供もつけずにふらりと局に顔を出したのだった。丁寧に織り上げられた布でできた黒の束帯を上品に着こなしているあたりはさすがだと思う。

「明後日《あさって》の祭りに向けてみんな慌ただしくてね。ちょっとゆっくりしようかと思ったのだがここにも人がいたとは」

「あ、おくつろぎになるのでしたら、私たちはもう話も終わりましたので」

「ああ、そういえば橘則光どの」

名前を呼ばれた則光が驚いていた。「え？　私のことをご存じで……？」

「もちろんだとも。前途有為な人材の名はきちんと覚えるようにしていてね」

「お、恐れ入ります――」

お人好《ひとよ》しの則光が浮き足立っているが、清少納言は冷めていた。ほぼ初対面の位の高い人物が自分の名を呼んでくれたら、大抵の人間は驚くと共にうれしく思うものだ。人によってはそれだけで、相手に好意を持ってしまうだろう。

けれども、事前に調べておくことはいくらでもできる。特にいまここには、後宮でもっとも目立つ女房のひとりがいるのだ。その自分が一対一で個人的に対応する相手となればすぐに名を突き止めることはできよう。

そんなことも想像せず、則光は締まりのない顔でへこへこ頭を下げていた。

竹丸とみるこが困惑した顔をしている。

もし几帳がなかったら則光は、清少納言の氷雪の如き眼差しに肝を冷やしているはずだ。

――たぶん、このあとの道長の台詞は、祭りの場所取りか。

相扇の下で皮肉げに予想を立てていると、道長はその通りの言葉を口にした。

「ああ、則光どの。祭りと言えばどのあたりで見物なさるのかな」

「ええと。はは。実はいままだその場所を探しているところでして」

するると道長は顔をほころばせた。

「それはちょうどよかった。いま、たまたま風邪を引いてしまった私の知り合いの見物場所が空いてしまってね。私の牛車とそう変わらないところにある、なかなかいい席だったんだよ。どうだね。内緒でそこに来ないか」

「え⁉」と驚きつつ、笑み崩れている。だらしない。則光が几帳の方を窺ってきた。

「几帳の陰より失礼します。中宮定子さまにお仕えしています清少納言と申します」

と名乗った瞬間、道長がほんの一瞬だけ口元に不敵な笑みを浮かべたのを几帳の隙間から清少納言は見ていた。やはり、本命は自分らしい。

「これはこれは。清少納言どのがいらっしゃったのですか。いやこれは、知らぬこととは申せ、大変失礼した」と道長が薄ら笑いで頭を下げた。笑えるほどに誠意を感じない。

「こちらこそ、おふたりのお話に割って入るような真似をしまして、汗顔《かんがん》の至りですわ」

まったく汗ひとつかいていない清少納言が皮肉っぽく切り返した。

「いや後宮随一の才女にいまのような話を聞かれてしまったら、内緒の話ではなくなって後宮中に知れ渡ってしまうかな。ははは」

「ほほほ。ご冗談を。この清少納言、噂《うわさばなし》話の類《たぐい》は好きませぬゆえ」

則光は訳《わけ》ありの関係だし、紫式部もいろいろ突っ込みたいところがあって天敵認定しているが、道長の場合はもう少し複雑だった。中宮定子の政治的障壁であり、同時に人生観のあり方で対立するところがある。先日の金貸し清臣と関係があったようだが、それについてはあえて黙っていた。弱みというのは黙って握っているほうが強いのだ。

「ははは。清少納言どのならそういうこともあるだろう。けれども、女というのはだいたい噂好きで困るよ。政《まつりごと》まで噂を元に考える女もいるとか」

「それは道長さまがそういう女性ばかりを集め、眺めてきたからではございませんか？　私、女ですが寡聞にして、政を噂で判断する女性にはお目にかかったことはありません。女だって頭がありますから」

今度は童たちだけではなく、則光もひやひやしているような顔になった。

「ははは。さすが清少納言どの。弁が立つ。中宮さまがそのような女房を好む今めかしき人というのは本当のようだ」

清少納言が几帳の中とは言え、明確に道長を睨む。

「言っておきますが、私のことは何とおっしゃっても構いませんけど、たとえ右大臣さまであろうとも、わが主人・中宮さまを冷やかすような物言いをされますれば——全力で潰《つぶ》します」

「おいおい、清少納言」と則光が真っ青な顔になっていた。

道長の頬がひくつくのが見える。几帳の隙間というのはおもしろいものだ。視野は狭いが、相手の表情の細かな動きがよくわかる……。

しかし、道長は表情の変化を大笑いですぐに打ち消した。

「はっはっは。なかなか言うではないか。そういう気の強い女房もよいものだ」

「ご冗談を。従順な女の方がお好みでしょ？　そうでなければ、紫式部ほどの天才が、道長さまの下で『一』の字も読めない振りなんて愚かな真似をするわけがありません」

「はは。それこそ女房同士の人間関係の問題だろう。別に私はそのようなことを紫式部に強《し》いているわけではない」

いけしゃあしゃあと、と清少納言は嘲笑《あざわら》う。下々がそのような価値観になるのは、上のものの考え方の影響があるに決まっていた。

則光が複雑な眉をして困り果てた顔になっている。清少納言は彼がもっと困りそうな内容を平然と口にした。

「そうそう。先ほど賀茂祭での行列の見物場所について則光どのにお誘いがあったようですが、実はこの私こそ則光どのから相談をいただいていまして。よい場所をご提供申し上げたところです」

則光が仰天した。「おま、さっき、他の人からいい場所紹介されたらそっちにしとけ、みたいなこと言ってたくせに」

清少納言は几帳の隙間から覗く猫のような目に思い切り力をこめ、柳眉《りゅうび》を逆立《さかだ》てる。

「ご紹介しました・わ・よ・ね？」

「…………はい」

それは残念だ、と笑いながら道長が立ち上がった。

「せっかくお声がけいただきましたのに、申し訳ございません」と則光が平伏する。

「則光どの、また何かあったら声をかけるよ」

と、道長が明るい声で出ていく。

道長の足音がすっかり遠くなってしまうと、則光が大仰にため息をついた。

「おい～。清少納言～……」

竹丸とみるこが顔を見合わせておろおろしている。則光の烏帽子まで落ち込んで見えた。

「いい場所取ってあげるから！」

「本当かぁ？」

「何よ、その声。信じてないなら、場所取りしてあげない」

「あ、嘘です、嘘。信じています。よろしくお願いします」

現金な則光にため息をひとつ送ると、清少納言は袙扇で顔を隠したまま几帳から出た。

相変わらず髪をいじりながら、

「本当は則光に、道長の勧める見物場所に行ってもらってもよかったんだけど……道長の狙いがわかっちゃったから」

「おまえ、道長さま相手でも呼び捨てなのな。――で、道長さまの狙いって何だ？」

「私が欲しかったのよ」

則光が真っ赤な顔になる。「な、な、な――」

「ばか。男女の相手で、という意味ではないわ。そうではなくて、女御さま派の力を増すために、私を引き抜こうとしたのよ」

「えっ⁉　どういうことだよ」

清少納言はまたため息をついて、

「局を見たときに、几帳に向かって則光が座っていれば、几帳の向こうに女がいることはわかる。しかも、そばにはみるこもいる。中宮付き女房、ということまですぐに狭められる。そして則光がこのような局で会う中宮付き女房となれば、私しかいない」

「ってことは、道長さまは最初から……」

「私がいると知ったうえでやってきたのよ。それで、祭りの見物席であんたを釣る。このような局で会う男となれば――癪《しゃく》な解釈だけど――そこそこ親しい男のはず。その男と同じ場所に祭り見物の手配をして恩を売る。その見物場所は当然、道長派でばっちり固められていて、いつの間にかあんたも私も道長派と噂され、他の派閥からは警戒されて本当に道長派になってしまう」

「ううむ……何て恐ろしい」と言いつつ、則光の顔が少しうれしそうである。

「何笑ってんの?」

「いや、俺はおまえにとってやっぱり親しい男なんだなと思……いてっ」

清少納言は手近なものを摑んで、則光にぶつけた。

「くだらないこと言わないで。相手は本気なんだから」

「悪かったよ。でも、俺にはおまえが道長さまに一方的にけんかを売ってるようにしか見えなかったぜ?」

また清少納言が小さくため息をついた。

「それは、私に対しても、賀茂祭の見物場所の確保を道長に言い出させないためよ」

「何だって?」

清少納言がくせっ毛をまた指先でくるくるいじる。

「もし、道長がそう私に言ったとする。私がそれを受け入れてしまったら――そんなことは天地神明に誓ってないんだけど――さっきの通り、私はめでたく道長派。いつの間にやら異動の命令が出て女御さま付きの女房になるでしょうね」

「断ったら?」

「断ったとしたら、一介の女房が右大臣の厚意を無下にした貸しができてしまう。その場で激しく糾弾してもいい。いずれにしても私の立場を悪くするような噂を流し、私が中宮さまのお側にいると中宮さまへの風当たりが強くなるように仕向ける――。女が噂好きみたいなことを言ってたけど、何のことはない、自分のほうがそういう人間だってことよ」

「そうしておいて、自派に引き込むのか。ううむ」と則光が唸《うな》っている。

「あんただって花山法皇の乳兄弟なのだし、自派に引きずり込んでおいたら何かに使えると思ってるんでしょうしね」

しばらく難しい顔をしていた則光が、口をへの字にした。

「政って怖いんだな」

清少納言は頭を抱える。「その通りなのだけど、そういう弱々しい発言を竹丸やみるこの前でしない！　もっとぴしっとしなさい。ぴしっと。ま、おかげで私も肚《はら》を決めたわ。則光、あんたたちひと家族分くらい何とかなるようにするわ」

「ほ、本当か。ありがとう」

少し向こうの局で、貴族と女房たちがどっと笑う声がした。ひょっとしたら道長かもしれない。

暖かな日射しの中、鳥の鳴き声がしている。

まさか今年の祭りがこんなに面倒になるとは清少納言は思っていなかった。

則光たちと別れて、清少納言はみること共に登華殿へ戻ることにした。則光たちの場所取りについて、あてはないが動いてみないと始まらない。

「みるこ、女童たちだけが知っているような秘密の場所めいたところはないの？」

清少納言は昨年から出仕しているが、みるこはそれよりも前から宮中にいる。

「一応、あります。けれども、貴族の方々がお越しになるような場所ではありませんし、そもそも牛車を止められるほど広くもないと思います」

「へぇ。そんな場所があるの」

「毎年お后さまや位の高い貴族の方々が見物に行く場所のそばの木に登ったり、ちょっとした隙間に入り込んだりするのです」

みるこが恥ずかしげにこっそり言うと、清少納言は朗らかに笑い声を上げた。

「ふふふ。なるほどね。偉い人たちはいい場所を取るから、その周りに人も集まるのか」

「そのような方々のご立派なお姿も、祭りそのものに負けず劣らずみんな見たがっていますから」

「それはわかる」定子の牛車が鴨川のそばで日の光を浴びているさまはさぞ美しいだろう。そこから定子の出衣が品よく覗いていたら、祭りよりもそちらのほうに集中してしまうかもしれない。「偉い人たちの周りは、さらに歩きの人たちでごった返すかもしれないわね」

「はい。だから、尊い方々がどのあたりにいらっしゃるかは、私たちにとってもすごく大事なのです」

清少納言はみるこの話を聞きながら、目が生き生きと輝いてきた。

「みるこのその話――いとをかし」

「何かお役に立ちましたか？」

「ええ。とっても。でも則光の家族のためだけにそこまでやっていいかしら……」

「はあ……」

登華殿の簀子に入ると、近くの局からすばらしい薫香の匂いがする。

「ああ、よい香り。奥ゆかしいのに華があって、若い黄緑の葉のような清々《すがすが》しさとまろやかな甘さが溶け合っていて」

と立ち止まり、目を閉じて香りを味わった。

「清少納言さまは物事を細かく丁寧に感じ取られるのですね」とみるこが感動している。

けれども、清少納言はそんなことないと微笑みでやんわり否定した。

「世界はもっともっと美しいの。日の光の眩《まぶ》しさひとつ、雨の音のやさしさひとつ、私は言葉で表しきれないもどかしさをいつも感じている。世の中はきらきらしていて、美しくて――何万巻の書物でも解き明かせないかと思えば、たった一言ですべてが言い表せそうでもあって。風のように捕らえられなくて、川の流れのように移り変わって……。私はいつか、その美しさをぜんぶ捕まえてみたい」

そんな話を清少納言がすると、みるこは頬を上気させている。

「すてきでらっしゃいます」

「ふふ。ありがとう。──ああ、それにしてもすてきな香り」

「たぶん賀茂祭で中宮さまがお召しになる装束に香を焚《た》きしめてらっしゃるのでしょう」

「この香りの立たせ方は、備前《びぜん》のおもとどのだわ」

と清少納言がうきうきした声で、そう断定した。

薫香は、香の調合はもちろん、火加減と香りの当て方によって同じものでも雲泥の差となることで知られていた。女主人なら女房たちの腕の見せ所であり、男の衣裳なら正妻と愛人が張り合う場面だ。定子付きの女房たちに薫香を上手にこなせる者は何人かいたが、年かさの女房である備前のおもとの右に出る者はいなかった。

「私、備前さまが薫香をなさっているときの香りを初めて聞きました」と、みるこがうれしそうにしている。香は「嗅《か》ぐ」ではなく、「聞く」とも言うのだが、まさにその言い方がふさわしい品のある香りだった。

「すごいでしょ。備前のおもとどのにかかると、まるで薫香が生き物のように変幻自在な顔を見せるの。香りに感情があるみたいにね」

覗いてみましょうか、とみるこを伴って薫香の煙の漂う局に踏み入った。

局の中心に香炉を立て、何枚もの装束を局にぐるりと巡らせている。香炉の側には目が細くてややふくよかな備前のおもとが、白い肌着の袖に手を入れて香炉に被《かぶ》さるようにしていた。中腰の姿勢で肌着全体を香炉にかざすようにゆらゆらと動いている。

すでに五十歳近い備前のおもとにはかなり応える姿勢のはずだ。けれども、額に汗をにじませ、細い目に真剣な光を宿して定子の衣裳に香を焚きしめる姿が、清少納言にはたとえようもなく美しく見えた。

清少納言たちが局に入ったので、局の中の煙が揺れる。その揺れで備前のおもとが来訪者に気づいた。清少納言を確かめると、備前のおもとは笑顔で出迎える。

「清少納言、みるこ。あなたたちでしたか」

「備前のおもとどのの薫香があまりにすばらしくて。少しここでおこぼれを聞かせていただいてもいいかしら」

どうぞ、と備前のおもとが勧めてくれたので、清少納言はみること共に、邪魔にならなそうなところに腰を下ろした。備前のおもとは、中宮定子の女房たちの中でも特に穏やかな人柄で知られている。自分から目立つことは一切しないで黙々と定子に仕え、その一方ではときに行きすぎて眉をひそめられがちな清少納言にもいつも柔和な表情を崩さなかった。清少納言にとっては有り難い存在である。

備前のおもとの仕事ぶりを見守るみるこが緊張していた。香りは人柄を表し、闇夜《やみよ》にあってはその人の存在を教える。文は人なりならぬ、香は人なりだった。その香の中でももっとも気を使うべき中宮の薫香を立てているところを見学している。みるこが緊張するのも無理ないことだった。

祭りの準備の喧噪《けんそう》さえ、遥か遠くにかすかに聞こえるのみ。

やがて、備前のおもとが香炉の上から身体を外した。手にしていた肌着を、より香りが移るように薫香の周りに立てると、清少納言たちを隣の局に促す。

清少納言とみるこに続き、備前のおもとも隣の局に移動した。そこでやっと備前のおもとは大きく息を吐いた。

「はあ……やっと終わりました」と備前のおもとが笑顔を見せ、顔を布で拭う。汗でびっしょりだった。

するとそのとき、局の外から清少納言がよく知った声がした。

「あら、とてもすてきな香り——」

清少納言は局から首を伸ばして、声の主、紫式部に待ったをかけた。

「紫ちゃん！　おいたしないでね。いま衣裳に香を焚きしめているんだから」

「誰が紫ちゃんですか！　おいたなんてしませんし！」

「じゃあ何？　堂々と中宮さまの薫香の匂いを盗みに来た？」

「盗みませんっ」

いきなり始まったふたりの毒舌の応酬にも、備前のおもとは楽しげに笑うばかりである。

「ほほほ。紫式部どの。お約束の香の材料でしたら用意してありますから、どうぞ」

備前のおもとに用があったらしい。紫式部が局に入り、彼女に深々と礼をした。

「お忙しいところ、大変恐縮でございます」

「いえ、よいところに来てくださいました。ちょうど中宮さまのほうのお仕事が終わったところでしたから」

と、備前のおもとは局の奥から紙包みを用意して紫式部に渡す。

「助かります。先月の雨で香が損《そこ》なわれていたのを見落としてしまい、お恥ずかしい限りです」

紫式部が恐縮していた。

「紫式部、あなたがやらかしたの？」と清少納言があけすけに聞く。

「私の目配りが行き届かなかったせいです」

というやや迂遠《うえん》な答え方で、清少納言はすべてを察した。

「ふーん。香の係はあんたじゃないんだ。ま、普段からそんなに薫香の匂いをさせてないからそうだろうとは思ったけど。他人の分まで頭を下げるなんていいところあるじゃん」

「…………」紫式部は無言で応えた。

「けど、ちゃんとそいつには叱っておきなさいよ？　紫ちゃん、できる女だろうけど、自分ひとりで片づけちゃうと、だんだん甘えられてしまうから」

と清少納言が言うと、紫式部がとても意外そうな顔をする。

「普段ならもっと私をいじるはずですのに。何か悪いものでも召し上がったのかしら?」

「食べてません。人を何だと思っているのよ」

「有能毒舌家」

しゃーっ、と清少納言が猫目をつり上げて猫のように威嚇した。みるこが目を丸くし、備前のおもとが笑い声を上げている。威嚇を終えた清少納言が紫式部を指さした。

「いいこと、紫ちゃん。何だかんだ言っても、中宮さまと女御さまは従姉妹同士。そりゃ、立場の違いとか親の思惑とかいろいろあるかもしれない。でも、現世でもっとも高貴な従姉妹同士、おふたりのご関係は笑顔で幸せなものであってほしいと願っているわ」

「それは、私も同じです」

と紫式部が間髪入れずに答えると、今度は清少納言のほうが不思議そうにした。

「ごめん。そんなこと考えてるなんて思ってなかった」

「あなたこそ私を何だと思っていたんですか⁉」

「妄想物語姫」

後宮を代表する才媛《さいえん》同士の会話とも思えない。備前のおもとが笑いながら止めに入った。

「まあまあ、ふたりとも。お若くて元気なこと」

穏やかな備前のおもとにそんなふうに止められれば、ふたりとも——清少納言は苦笑いしながら、紫式部は恐縮しながら——言い合いを中止せざるを得ない。

「こほん。失礼しました。それにしても、備前のおもとどののお仕事は大変ですね」

「最近の若い人はもっと楽な方法で薫香を衣裳に焚きしめるみたいなのですけどね。年も取りましたし、本当のことを言えばそういう方法も知ってはいるのですけど、私には昔ながらのやり方のほうが身体は大変でも、安心なんです」

そう言って備前のおもとが微笑む。もともと細い目がなくなってしまう。その屈託のない笑顔は、みるこのように嘘がなくてかわいらしかった。

「中宮さまは、ここぞという行事のときには備前のおもとに香りをつけてもらうの、といつもおっしゃっています。その理由がいまよくわかりました」

「ふふふ。そんなに持ち上げないでください。——はあ、疲れた」

清少納言は、みるこに頼んで、備前のおもとに新鮮な冷たい水を用意してもらうことにした。みるこが一礼して局から出ていく。

「だいぶお疲れのようですね」と紫式部が労《いたわ》った。

すると備前のおもとが首を横に振る。その表情はどこかはにかんでいるように見えた。

「いえいえ、そうではないのです。実は今度の賀茂祭で私の孫娘が賀茂大社の斎院《さいいん》さまのお使いのひとりに選ばれまして」

潔斎《けっさい》し、清らかな衣裳に身を固めた賀茂斎院は行列の目玉のひとつだった。その斎院を補佐するお使いに選ばれるのは女童たちにとって一生に一度の憧れである。

「まあ、すばらしいお話ではありませんか」

と、紫式部が手放しで喜ぶと備前のおもとがやや顔を曇らせた。

「ありがとうございます。ただ、私も息子の妻のほうも、藤原摂関家のような有力貴族ではありません。そのため、よい見物席が取れそうもなくて。孫の一世一代の晴れ姿、私もしっかりとこの目に焼きつけたいのですが……。息子夫婦も私に見物場所の手配を何とかしてほしいと頼んでくるのですが、これぱかりはどうしようもなく……」

備前のおもとの声がかすかに潤《うる》む。

「たしかに……。私もよい場所をお取りできますと言えるほどの自信がありません」

と紫式部が苦しげにした。備前のおもとの気持ちに寄り添っているような言い方だ。

「…………」清少納言は沈黙し、小さく唇を噛んでいた。

壮麗で優雅な賀茂祭の行列に加われるだけで大変な栄誉なのに、すべての女童たちの憧れである斎院のお使いの役を担うのだ。その姿をしかと見たい。平素、何ら自分からあれこれ欲しがることのない備前のおもとが口にした、ささやかだけど切なる願い——。

すると、備前のおもとは不意に細い目をいっぱいに開けて明るい表情を作る。

「仮に行列がよく見える場所を取れたとしても、こんなおばあさんがそんな人混みに出ていったらぺしゃんこにされてしまいますわね。ああ、柄《がら》にもない変なお話をしてしまいました。どうぞ聞き流してください」

ちょうどそのとき、みるこが水を持って戻ってきた。

「お水をお持ちしま……清少納言さま!?」

清少納言は膝立ちになってみるこに近づくと、持ってきた水を立て続けに二杯飲んだ。

「ちょっと、清少納言！　何てはしたない!!」

紫式部が血相を変えたが、まったく意に介さない。水を飲み終えると立ち上がり、くるりと備前のおもとに向きを変えた。頰に手をあてながら猫のような目をやや細めて微笑むと、水を飲んだばかりの唇を舌で舐めている。

「備前のおもとどのがいかにすれば、お孫さんの晴れの姿を最高の場所で見物できるか。その謎——いとをかし」

途端に紫式部が非難した。

「あなた！　他人様《ひとさま》の悩みを謎扱いなんて不謹慎ですわ」

今度は清少納言は毅然《きぜん》と言い返す。

「一緒に同情するだけでは何も解決できないのよ。よし、決めたぞ。摂関家、何するものぞ。おまえたちのための祭りじゃないんだ！　備前のおもとどののためにひと肌でもふた肌でも脱いでやろうじゃないの」

清少納言が腕を組んで宣言した。紫式部も香を分けてもらったんだから手伝いなさい、と付け加える。備前のおもとが呆然と清少納言を見上げた。紫式部が不本意ながら備前のおもとに「翻訳しますと、見物場所の心配はしなくていいということです」と告げる。

賀茂祭まではあと二日の後宮であった。


翌日。賀茂祭前日に見物にうってつけの場所——正確に言えば、例年であれば藤原摂関家の最高権力者である藤原道長の牛車が止まる近く——に、ある木札が立てられていた。

その木札には「嫗《おうな》の場所」と書かれていた……。


その日、後宮の簀子を紫式部が可能な限りの速さで歩いていた。走ればみっともないので走りはしない。しかし、限りなく走る速さに近い足捌《あしさば》きで、簀子を急いでいた。なるべく音は立てないようにしたため、かえって滑《すべ》るような動きに見える。

紫式部が仕える女御彰子のいる飛香舎を越えて、弘徽殿を越えて、登華殿に入るととうとう声を上げた。

「せーいーしょーうなーごーんっ」

登華殿の真ん中ほどにある局で、清少納言は出迎える。

「あら、紫式部。またこんなところまで来て、どうしたの？」

「どうしたもこうしたもありません！　ほんっと、あなたって人は」

周囲の登華殿の者たち――ほとんどは定子付きの女房と女童で、あとは内侍司などの女官――が、突然の紫式部の出現に目を見張っていた。

「どうどう。落ち着いて。はい、お水」

清少納言はにこにこと紫式部に対応している。予想通りの乱入でうれしかったのだ。

「いりませんっ。――あなたでしょ、あの立て札を立てたのは」

「はてな？」

清少納言がしらばくれてみせる。紫式部はいまさらのように周囲の目に気づいた。紫式部は愛想笑いを浮かべて何度も頭を下げながら、清少納言を引っ張って誰もいない局に入り込む。

「このあたりにはいらっしゃらないわよね？　ご本人の前で、こんな話はできませんから」

「誰のこと？」

清少納言の知らん顔に、紫式部は怒鳴りそうになった声を無理やり潜めた。

「備前のおもとどのです。昨日、彼女の話を聞いて、急にあなたが私に『嫗の場所』と書いてくれと板を持ってきましたよね？　言われるままに字を書いたのを、あんな立て札にして使ったのでしょ⁉」

「はて。何のことかしら」

「いい加減になさい‼　よくも私にあなたの悪巧《わるだく》みの片棒を担がせましたね⁉」

さすがに紫式部の剣幕が凄《すさ》まじくなり、清少納言は両手を挙げて降参の意思を示す。

「藤原道長さまが牛車をお止めになるあたりに立った『嫗の場所』という立て札のことでしょ？　私がやりました」

「最初からそういうふうに素直に認めなさい」

「正確には立て札を設置する作業をしたのは橘則光という人間ですが」

「指示をしたのはあなたなのでしょうから同罪です。ああ、それを言うと私も――」

今日の紫式部は怒っている意味と、頭の回転が早い意味の両方でキレていた。

「ちぇー。どうしてそんなに怒るのかなぁ」と清少納言が唇を尖《とが》らせる。

「当たり前じゃないですか！　ただ見学ができる場所というだけではなく、藤原道長さまの側近くなんて。道長さまは摂関家の実力者というだけではありません。女御さまのご尊父でもあるのですよ」

「そうよねぇ。だからこそ安全だと思ったのだけど」

安全という言葉を聞いて、紫式部の怒りがため息に変わった。

「ねえ、清少納言。私はこれでもあなたのことをそれなりに買っているつもりよ？」

「あら、うれしい。私のことを評価してくれていたなんて」

清少納言の本心である。

「民部省のひどい金貸しを懲らしめたのも、やり方はどうあれ、あれはあれでよかったと思っています」しかし、紫式部は首を横に振っている。「でも、今回のはダメよ」

祭りの場所取りに「媼の場所」と木札を立てたことだった。

「どうして？」

「どうしてって……」と、紫式部が清少納言の聞き分けの悪さをたしなめようとして、はっとした表情になる。どうしてかと聞き返している清少納言の顔が真剣そのものだと気づいたらしかった。

「どうして道長さまの側だったらいけないの？　どうして男の貴族たちの有名どころのためにいい席をあげないといけないの？　どうして孫の晴れ姿を見たいという女房がよい席にいてはいけないの？」

「そ、それは、世のならいというか、あるべき姿というか」

紫式部はすでに気圧《けお》されている。清少納言は猫のような目をきらきらさせて問いを重ねる。悪意はない。ただ理由なき押しつけが、清少納言には許容できないのだ。

「人は生まれによって尊いわけではない、というのが御仏の教えよね？　男だから女だからという区別はないはずよ？　川の魚と海の魚のどちらが尊いかなんて言えないように、男女の区別も比べること自体がおかしいのよ」

「けれども、道長さまは主上を補弼《ほひつ》して政を司って――」

「御仏はその人が何をしたかで人生は決まるって教えてくださる。でも、権謀術数で政を行うのと、大切に子供を育て、孫娘も立派に育てるのと、どちらが御仏の目から見てすばらしいのかしら」

清少納言が次々に発してくる質問に、紫式部が苦しげな顔つきになった。当然だろう。同時代の同世代の女として――何よりも共に「才あり」と世に言わしめた女同士、清少納言が質問した内容を、紫式部自身も疑問したことが絶対にあるはずだからだ。

「何で急に、そんなに御仏のことばかり……」

と紫式部が逃げようとするが、清少納言は逃がさない。

「しきたりや世のならいに文句が言えないのは、違う物差しがないからよ」

「それをあなたは御仏に求めているのですか」

清少納言はにやりとした。さすが紫式部、よくキレる。

それは同時に紫式部自身が男たちの、摂関家の決め事に、どこか疑問を抱いているからこその問題意識だと告白していた。

「この世の権力を乗り越えるのは、この世を超えたもの——御仏の権威しかないでしょ」

紫式部が表情を歪めてうつむいている。

遥か仏の世界まで飛翔《ひしょう》させた思考を、清少納言は一気に手近なところに呼び戻した。

「紫ちゃんだって、いいところでお祭りを見たいでしょ？」

と言うと、紫式部が清少納言を睨み返す。その表情が苦しげだった。

「それは、私だって……いいえ。私は女御さまたちの牛車の後方でかすかに拝ませていただければいいのです」

清少納言はため息をつく。ここまで来て引き返すな、と叱りつけたかった。

「どうしてそこまで自分を抑えるの？　誰に気を使ってるの？　お祭りを見たいなら見たいってはっきり言わなきゃ。見たいって言ったからって、いい場所が取れるとは限らないけど、最初から後ろでいいなんて言ってたら絶対に前には行けないのよ？」

人生も一緒だ、と紫式部に言ってやりたかった。でも、いまは言わなかった。紫式部は賢い。清少納言が言わんとすることなんて、とっくにわかっているのだ。わかっているからこそ、どうしようもないと思ってしまっているのか……。

「……今回はもう協力できません。それと、妙な立て札は取ってくださいね」

紫式部が踵を返して去っていく。柱の陰からこっそり様子を窺っていたらしい弁の将が
「大丈夫？」と声をかけてきた。大丈夫よ、と清少納言は微笑む。

ここまでまったく清少納言の想定通りに事が運んでいた。

清少納言は急いで牛車を出して、「媼の場所」という立て札を引き抜きに行った。すでにみるこを使いに立たせて、実行犯である則光は呼び寄せてある。

「どこからか文句を言われたのか」と則光が残念そうにしていた。

「まあ、予想通りよ。もともとこれでは弱いかなと思っていたから」

「え？　そうなのか？　俺はおまえの言う通り『媼の場所』って立て札を立てればてっきり万事うまく行くと思っていたのだが」

単純な男だ。こういう男ばかりで政を動かせば、もう少しわかりやすい世の中になるのだろうか。

「この立て札だけで解決してくれればそれに越したことはなかったけど、この立て札の本当の役割は、私に文句を言ってくる人物が現れることだったから」

「……大変そうだな」と則光は眉を寄せるが、意味はわかっていないだろう。

「さすがに立て札一枚で、年かさの女房が摂関家の場所を前日に横取りできはしない。それどころか摂関家の連中の場所を一寸たりとも動かすことはできない。それは私が全力で挑んでも無理。だからこそ、私に文句を言いに来る人間をもっと本気でこちらに引き込んでしまいたかったのよ」

則光が額の汗を拭う。「どういう意味だ?」

「摂関家の場所に堂々と打ち込まれた立て札から、私の仕業だと見抜き、私に文句を言ってくるだけの気の強い人物。しかもその人物はこの立て札に文句を言うのだから、摂関家寄りの考えを持っている。そんな人が私たちの味方に付いてくれたら心強いでしょ?」

「それは、そうだな」と則光があっさり認める。

それが紫式部だった。

彼女は備前のおもとの人となりを知り、その願いを知っている。清少納言の知っている紫式部なら、無下にできるはずがなかった。

しかし、金貸しの清臣のときのように簡単にはいかないだろうとも予想していた。

清少納言は、先ほどの話で彼女の心に種をまず播《ま》いたのだ。

その種とは、男たちが作った社会の仕組み、お仕着せの価値観への素直な疑問だ。

現在の秩序がすべて間違っているとは言わない。しかし、藤原道長を筆頭に摂関家にとって有利な仕組みを構築し、摂関家ではない者たちを搦め捕っているしきたりの数々があるのは、あの才女ならわかっているはずなのだ。

そうでなければ、『源氏物語』などという広大な物語空間を創造していないだろう。作者は物語世界では創造主であり、紫式部のなしたことは自分の望む世界を創造したことに他ならないからだ。

女は男の陰で漢字など読めない振りして小さくなっていろといういまの常識の物差しをぶっ壊す、新しい物差しを紫式部自身が求めている。自覚のないままに。

あとはその種がしっかり芽吹いてくれればいい。

しかし、問題は時間だった。

明日の祭りまでに芽吹いていないといけないのだ。

「細工は流流。中宮さまにも昨夜のうちにご協力を仰いであるわ」

「うぇ⁉　中宮さまにまでか」と則光がすっとんきょうな声を出す。

「摂関家を押さえ込める権威は天なら神仏。地なら主上、それと中宮さまだもの」

定子は清少納言の話をすんなり理解してくれた。定子にとっても大切な女房である備前のおもととその孫娘のためだ。それに、定子と清少納言は目指す方向がそもそも同じなのである。

そのついでにと言っては悪いが、則光たちの席も確保できるはずだった。

「まあ、俺としてもその年かさの女房の願いはかなえてあげたかったんだけどなぁ……。歌も詩も俺にはわからぬ。しかし、孫娘の晴れ姿を見たいという人の心がわからぬほど愚かではない。だがこの立て札は撤去、なんだよな」

するとすると清少納言が牛車の中から笑う。

「ふふ。これで終わりなんて言ってないわよ？」

「え？　まだ何かするのか。――雨が降ってきたぞ。何日ぶりだろう」

「雨よりこっちが大事。明日はきっと晴れる！」

清少納言が牛車の中から次の立て札と場所を指示した。それを聞いた則光が絶句している。けれども、清少納言はその反応を無視し、むしろ則光をせき立てた。


作業が終わって清少納言が後宮に戻ってきた頃にはすっかり夕方になっていた。途中、雨が激しく降っていたが、この季節特有の夕立めいたものだったらしい。いまは小降りになり、西の空から橙色《だいだいいろ》の光が差していた。明日の祭りが晴れますようにと清少納言は手を合わせる。

後宮に戻った清少納言が、明日の段取りの確認で忙しく立ち回っていたときだった。

「せーいーしょーうなーごーん……ッ」

紫式部が、生真面目な顔に怒気をみなぎらせて登華殿へ現れたのである。怒髪天を衝《つ》くというが、本当に髪が逆立つのではないかというくらいの勢いだった。

「あら。本日二回目のご来訪ね、紫式部。やっぱり手伝ってくれるんでしょ？　それにしては心なしか一回目より念がこもってる感じだけど」

「感じ、ではなく、念をこめているのですっ。それよりも、賀茂斎院さまが潔斎される鴨川のほど近くに『国母《こくも》の場所』という立て札が立てられたそうですね。やったのは狩衣姿の男で、側には女物の牛車がいたとか」

「あ、それ私」

清少納言があっさり認めると、紫式部の頬がひくつく。

「やはり、あなたでしたか。まったくあなたという人は……っ」

するとと清少納言はさわやかな笑顔を見せながら、紫式部の両肩に手を置いた。

「落ち着いて、紫ちゃん。国母とはどのようなお方を指す言葉？」

「国母とは文字通り国の母――つまり、主上の御母堂の皇太后《こうたいごう》さま、あるいは主上を国民の父と見立てて、その后である中宮さま方のことを指しますわ」

「正解。で、私は誰にお仕えしている？」

ここまで言われれば、紫式部も理解せざるを得ない。

「中宮さまにお仕えしている……。清少納言。つまり、あなたは中宮さまのための場所取りとして立て札を立てたと言ってるのですか」

定子と打ち合わせていたのはこのことだった。「国母の場所」という立て札を立てて、摂関家が例年見物している場所を押さえます、と。

「それ以外にないじゃない。それとも、中宮さまにお仕えする私が、中宮さまのために見物場所をあらかじめ取っておいて何がいけないんですの？」

と清少納言が言うと、紫式部の声が少し低くなった。

「あなたの行いは、多少やり方に難があったかもしれませんが、女房としての務めの範囲かもしれません。その、女房の務めの範囲において、私はあらためてあなたに抗議します」

「なぜ？」

「国母とは主上の后を指す言葉。中宮さまを指すのは当然ですが、私のお仕えする女御彰子さまも国の母たる地位にあるお方ですから」

清少納言は口《くち》の端《は》に微笑みを浮かべた。

紫式部の、打てば響くような才気、いとをかし。

「いま私が考えていることは中宮さまによい見物場所を用意すること。そのためにあの立て札を立てた。それが備前のおもとどのにもよい見物場所を用意することになる」

ついでに、道長たち横柄な男たちの鼻を明かせればなおよし、だった。

「どうして中宮さまの見物場所を確保することと、備前のおもとどのによい見物場所を用意することが繋がるのですか」

「だって、去年まで中宮さまが見物していた場所が空くじゃない。そこに備前のおもとどのを案内すればいいのよ」

紫式部が固まった。思考が追いつかないという表情だ。片手をあげて、ゆっくりと確認する。

「ちょっと待って。そうなるためにはいくつも問題があるように思うのだけど、まさか本当に中宮さまがあの場所に来るというの？」

「もちろん」

と清少納言が言い切ると、紫式部はますます目を丸くした。

「あなた、中宮さまを巻き込んで……」

「人聞きの悪いことを言わないで頂戴。備前のおもとどのの願いをそのまま中宮さまに申し上げて、昨年までの見物場所を譲ってくださいとお願いしたの」

「それを――中宮さまはお聞き入れになった、というの？」

「そうだって言ってるでしょ」

すると紫式部が池の魚のように口をぱくぱくさせる。

「信じられない……。備前のおもとどのの人柄も丁寧な仕事ぶりも存じ上げていますが、たかが女房ひとりのために、中宮さまがご自分の見物場所をお譲りになるなんて」

そんな彼女の反応を楽しみながらも、清少納言は微笑みながら言った。

「たかが女房ひとりのために、ご自分の見物場所を明け渡されるようなおやさしい方なのよ。中宮さまは」

「…………」

じっと黙っている紫式部に、清少納言は唇を舌で濡らして、こう言った。

「備前のおもとどのに中宮さまが場所を譲るのがそんなに気に食わないなら――車争いでもする？」

「なっ……」

「あんたの書いてる『源氏物語』第九帖《だいきゅうじょう》『葵《あおい》』の場面よね。――斎院御禊《ごけい》の神事の日、大路は見物客でごった返していた。そこへ、目立たないよう古びた網代車《あじろぐるま》にわざと乗り、人知れず光源氏《ひかるげんじ》の晴れ姿をひと目見ようと光源氏の元恋人である六条御息所《ろくじょうのみやすどころ》がやってくる。ところが、彼女の牛車は、あえて古びたものを選んだため、そのような高貴な女性が乗っていると思われず、後からやってきた光源氏の正妻・葵《あおい》の上《うえ》の牛車に押しのけられ、壊され、大勢の見物客の前で恥をかかされてしまう」

　このときの恨みから六条御息所は懊悩し、生霊となって葵の上に取《と》り憑《つ》き、殺してしまうのだ。

「そのように、中宮さまと女御さまで場所取り争いをしようというのですか？　だから物語と同じく、斎院さまが潔斎される鴨川に場所取りを――」

　言いながら、紫式部の声が震えていた。

　清少納言は無言のまま冷ややかに目を細め、紫式部を見つめている。

賀茂祭当日。昨日は雨が降ったが、雲ひとつない晴天になった。道は多少泥になっているところもあるが、祭りに大きな影響はない。これも賀茂大社の神さまのお力だと人々は朝から噂し合っていた。

都のみならず、何日もかけて近隣の地方からも見物客がやってくるため、すでに大路は人と牛車でごった返している。血気盛《さか》んな若い貴族同士の車争いが早くも起きていた。親や兄弟が小さな子の手を引いたりしている。待ちきれない子は逆に親の手を引っ張って走り出しそうな勢いだった。

内裏から祭りの行列が出発すると、歓声が沸き上がり、うねるように都を満たす。行列は、勅使代を中心にした本列と賀茂斎院を中心とした女人列があった。

行列が都から鴨川へと向かう。

「ほら、備前のおもとどの。向こうから女人列が近づいてくるぞ」

と則光が呼びかけた。

「まことですか。あてきはいますか」と備前のおもとが首を伸ばして目を凝《こ》らす。あてきというのが孫娘の名前だろう。

「母上、来ますよ」

「ああ、あてきがいます。母上、あてきが斎院さまのお側を歩いています」

と声をかけるのは備前のおもとの息子夫婦だった。

奥ゆかしくも優美で壮麗な賀茂斎院の牛車のすぐ側に、かわいらしく着飾ったあまそぎのあてきがまっすぐ前を見て歩いている。備前のおもとからすれば、普段のおてんばぶりからは想像もつかない真剣な表情だった。

「あのおてんばなあてきが。小さい頃は熱ばかり出してたあてきが。こんな立派なお役目を……」

と、備前のおもとはあまりにもありがたくて両手を合わせる。目から溢れる涙をしきりに拭い、拭ってはまた手を合わせていた。あてきの晴れ姿を目に焼きつけておきたいのだが、次から次からこぼれる涙をどうすることもできない。

則光は自分の家族も伴いつつ、押し寄せる人波に備前のおもと一家が潰されてしまわないように気を配っていた。備前のおもとたちを守ることと引き換えに、清少納言がこの場所を則光たちに手配したのである。

「方違《かたたが》えがあって到着する時間が少し予定よりずれてしまったせいで最高の場所、とまでは行かないが、鴨川にもほど近くて見晴らしはよいと思います」

と則光が言うと、備前のおもとの息子があらためて礼を言う。

「本当にありがとうございました。私の記憶違いでなければ、この辺は昨年は後宮の位の高い方々やそれをお守りする役人の方々がいらっしゃった場所ではないでしょうか」

「ええ。でも、今年は中宮さま以下、みなさま別のところにいらっしゃるようですね」

そう言って則光はもう少し先、斎院が潔斎されるあたりを見つめた。

そこには昨年にはなかったあでやかな牛車の数々がひしめいている。


少しだけ、時は戻る。

鴨川の側、斎院が潔斎する――言うまでもなく女人列の最大の見所のひとつである――場所に立てられた「国母の場所」という立て札を巡って、人々はあれこれと噂していた。

嫗の場所という立て札もあったし、誰かのいたずらではないか。

いや、本当に国母、中宮さまが来られる場所なのだ。

昨年は道長たちが独占していた場所だから、やはり国母ではないのではないか――。

要するに、謎だった。

謎なゆえに、人々は遠巻きにし、道長に仕える家人たちも考えあぐねていた。

祭り見物の牛車が徐々に集まってくる。

けれども、そこだけはまるで結界でも張られているかのように誰も近づかなかった。

そのときだ。

都を発した牛車とそれを守るお供の一行が到着した。

ひときわ瀟洒《しょうしゃ》で絢爛に飾り立てられた女物の牛車だ。出衣もあでやかで、とてもすばらしい香りが漂っていた。ひと目で高貴な方の乗り物だとわかる。

中宮定子の牛車だった。

その美しさは荘厳なばかりで、「これは国母どころではない。女神さまが賀茂祭の見物に来臨されたのだ」と人々がしきりに言い合ったほどだった。

牛車が止まると、定子は中から外の様子を眺める。

「何て気持ちのよい天気でしょう。そういえばここは昨年、叔父上が見物したところね」

と定子は隣に乗っている清少納言に語りかけた。その表情には微笑みが浮かんでいる。

「左様でございます」と袙扇で口元を隠した清少納言が答えた。

「せっかくの祭りだというのに、清少納言はずっと扇を使っているのね。私と一緒では息苦しいかしら」

「そ、そんなことは、決して――」

清少納言の目論見《もくろみ》では、定子の牛車に同乗するなどという畏《おそ》れ多《おお》いことをするつもりは微塵《みじん》もなかったのだ。ところが「何か、をかしなことをしているのでしょ?」と定子の純粋な瞳に見つめられて、気がつけばこの有り様である。

定子に心酔している清少納言としては、こんなに間近に定子がいる現実に酩酊《めいてい》状態だ。しかも、あろうことか微笑んでおられるのだ。自分の息などが当たっては失礼極まりないので扇を使っていたのだが、それをとがめられては仕方がない。清少納言は袙扇を閉じた。

さっと、定子の薫香が強く鼻の中に入ってくる。

これほどの濃い香りに包まれると、いつもの清少納言なら無条件で陶然となってしまうが、今日は少し違っていた。この香りを定子に纏わせるために、五十の身体にはきつい姿勢を取って励んでくれた備前のおもとの顔が思い出されたからだ。

「本当によい場所を取ってくださいました。ありがとう」と、定子が清少納言に礼を言う。訂正。幸福のあまり失神してしまうかもしれない……。

「ですが、中宮さま。本当によろしかったのでしょうか」

と向かい側の席にいる年かさの女房が眉をひそめた。

「何がですか」

「国母の場所などという看板です。もちろん、中宮さまが后では頂点ですが、女御さまの周りの者が黙っているか。何かにつけて口うるさい道長さまがいますので」

おそらく周囲の者たちも、老若男女のすべてがそう思っているだろうと補足する。

「それについては大丈夫」と定子が笑顔で年かさの女房の不安を取り除いた。「清少納言のすることにぬかりはないのでしょ？」

はい、と清少納言が頷いたときだった。外でひときわ大きな歓声が上がった。

「おい、見ろ。また豪勢な牛車が来たぞ」

「女車なのに中宮さまの牛車と同じくらいきらびやかだわ」

「ということは――」

定子の牛車の横、まだ国母の場所と看板が残っていたところに、女御彰子の牛車が横付けされた。

「何てすばらしい」

「中宮さまと女御さまが仲睦《なかむつ》まじくお車を並べてらっしゃる」

「今年は斎院さまだけでなく、中宮さまと女御さまたちを一度に拝することができる。何とすばらしい賀茂祭なのか」

人々は祭りのすばらしさだけではなく、后たちの優雅で優美な有り様を身近に見られる喜びをも嚙みしめているのだった。


昨日、清少納言が紫式部にあのあと告げたのだ。

「ねえ、紫式部。どうして私たちは頭にくるような男たちの論理に従わなければいけないの？　ここは後宮よ？　后同士、その后に仕える女房同士が仲良くして何が悪いの？」

「後宮は内裏の一部です」

その紫式部の答えに、清少納言が声をやさしくする。

「それなら、どうしてあなたはあの車争いとそれに続く悲劇を書いたの？　あなたは後宮内でそのようなことがあってはならないと融和を願ったからではないの？」

「……買いかぶりすぎよ。物語の流れが私にそう書かせただけ」

「では、あの穏やかな備前のおもとどのに言ってきなさい。有力な家柄でないから、孫娘の晴れ姿が見られなくても仕方がないと、あなたが告げてくるといいわ」

「そんなこと言ってないでしょ！」

「だったら、私に協力しなさいッ」

びくりと紫式部の身体が震えた。

じっと清少納言がその猫のような瞳で紫式部を見つめる。紫式部がまた何かを言い返そうとし、言葉をのみこむ。気持ちだけが渦巻き、言葉になっていないのだ。『源氏物語』という巨大な物語の作者らしからぬ姿は、道長の後ろでこそこそ隠れているしかなかった図書寮での彼女の地団駄に見えた。

黒くしっとりした髪を掻《か》き上《あ》げて、とうとう紫式部が言った。

「……私は何をすればいいの？」

清少納言はにやりと笑うと、ふたつのことを耳打ちした。

ひとつは、いまからさらにできる限り彰子の牛車を美しく飾り立てること。

どのくらい飾り立てるかと言えば、定子の牛車もこれから夜を徹してもっと美しくするからそれに並ぶほどに、だった。

「中宮さまと同じなんて！」と生真面目な紫式部が怯む。

「いいから。それと話はまだ終わってないの」

もうひとつ頼んだのは、国母の場所に定子と共に彰子の車を並べることだった。

「なぜ、そんなことを――」

「中宮さまと女御さま、仲睦まじくあってほしいってあなたも言ったでしょ」

「けれどもあの場所は、道長さま方のお席……」

「いまは国母の場所よ？　昼間話したでしょ。地上の摂関家の権力を乗り越えるには御仏の権威。その代わりとして、中宮さまと女御さまたちの仲のよい姿を見せるのよ」

もともと従姉妹同士の定子と彰子は仲が悪いわけではない。それぞれの親兄弟、ことに力をつけてきている道長が中宮と女御を対立させているといってもいい。

このまま黙っていれば、中宮と女御は主上の寵を競って対立しているという架空の話がひとり歩きし始めるだろう。そうなれば、現実にも一定の距離を置かなければいけないところが出てしまうかもしれない。それが清少納言はイヤだった。

それに何より。

后たちに揃《そろ》って賀茂祭の最大の見所を楽しんでいただこう。これまでは、男たちに遠慮していたり、あるいはどちらかがいい見物場所を取ればどちらかが遠慮したりしていたのでしょ、とまくし立てて清少納言は紫式部を説得したのだった。

群衆の歓声の中、清少納言が牛車の物見の半部《はじとみ》を上げ、彰子の牛車の様子を見ると、向こうも物見の半蔀を上げていた。

「中宮さま」と外を促す。ちょうどあちらも若い女性が目を見せていた。明らかに微笑んでいる目の形だった。小さく手を振っている。

「まあ。彰子さまではないですか」と定子が明るい声を上げて、手を振り返した。彰子が気づいてますます手を振る。

その笑顔を見たとき、清少納言は自分の判断の正しさを確信した。

彰子が物見からずれて、中にいる女房に何かを言っていた。すると、眉をひそめた生真面目そうな目が、定子たちの牛車を見る。あんな目をしていて女御の側近くにいる女房はひとりしかいなかった。

「あ、紫式部だ」と清少納言が笑顔で手を振る。

けれども、紫式部は「ふんっ」という感じでそっぽを向いてしまった。これには定子もとうとう笑い声を上げた。

「ふふふ。あらあら」

「紫式部は素直じゃないなぁ。ま、そこがいとをかしなんだけどね」

「そういえば備前のおもとの孫娘が、斎院さまのお供の役をするのでしたね。彼女もちゃんと見えていればいいのですが」

と定子が細やかな気遣いを見せた。それをありがたく思いながら、清少納言が言上する。

「中宮さまと女御さまがこちらにお越しくださいましたので、すべてうまくいきました」

清少納言の言葉に、年かさの女房が怪訝な顔をし、定子は目を輝かせた。

「ふふ。では備前のおもとのために、よい席は用意できたのですね?」

「はい。おかげさまで、昨年、中宮さまがご見物くださった場所を確保できましたから」

と清少納言が答えると、定子は牛車の飾りの藤の花よりも優雅に微笑む。

「けれどもあの場所は見物場所としてはすばらしい場所ですから、私がいなかったとしても人でごった返すのではありませんか」

その定子の指摘に、清少納言はにっこり笑顔を返した。

「そちらも中宮さまのおかげで無事に解決しています」

「あらあら。今回はどのような、いとをかしなことを仕掛けたのですか」

定子と彰子の牛車の周りで激しく人が行き来している。みな、口々にこの場所こそ今年いちばんの見物席だと言って集まってきていた。

「賀茂祭は本列や女人列の行列が見所ですが、私たち下々の者にとっては、もうひとつ楽しみがあります。それは中宮さまや女御さまといった、高貴でお美しい方々のご様子を拝見することなのです」

みるこがいっていた通り、賀茂祭のよい見物場所というのは、祭りの行列が堪能《たんのう》できるだけではなく、后や位の高い方々の見目麗しい様子を一緒に味わえる場所なのである。

ところが、今回は定子と彰子がこの場所に来てしまった。それも、例年以上に麗しく飾り立てられた牛車に乗っている。

こうして、斎院が潔斎する祭りの見所の場所は、二重にも三重にも特等席になった。そうなれば、人の流れが変わる。

これまで人気だった場所が入れ替わり、去年人気の場所に人出が少なくなった。定子が場所を変えたことに伴って、結果として雪崩を打つように見物場所全体の人気が入れ替わったのである。去年の定子がいた見物場所は人波から外れ、備前のおもとや則光でも容易に近づける場所となったのだ。

清少納言の種明かしに、年かさの女房は中宮さまを利用するなんてと顔をしかめたが、定子は理解してくれた。

「どうせ叔父上たちはどこかでいい席を取っているのでしょうから、気にしなくていいのです。それよりも私がお役に立ててよかった」

「まことにありがとうございました」

「いままでと違った場所から見る賀茂祭も、いとをかしですね」

定子が笑っている。輝くようにかわいらしく清げな顔。清少納言はもう倒れそうだった。

やがて、本列がやってきた。

「中宮さま。斎院さまの列が来ます」

「本当。斎院さまも気になりますが、備前のおもとの孫は立派にお役を果たしてますか」

「あの子がそうだと思います」

「どの子?」と定子が身を乗り出す。なでしこのように可憐な手を清少納言の太ももにそっと置いた。

「ちゅ、中宮さま……!?」

定子はそのまま牛車の物見に身を乗り出すようにする。自然、定子の顔が清少納言にこれでもかと近づいた。笑っている定子の横顔が鼻先に触れるほどの距離にある。薫香が混じり合うほどだ。清少納言はもう動けない。迂闊に息もできなかった。

「ああ、かわいらしいこと」

「あの、中宮さま……」

「ん?」と小首を傾げた定子が清少納言に向き直る。

「何でもありませんっ。お許しくださいっ」

清少納言はぎくしゃくと首をねじ曲げて、あざやかな女人列を眺めた。斎院の牛車を飾る葵の葉も目にあざやかである。誰もが祭りの有り難さをしみじみと味わっていた。

第四章　嘘をついたのは誰

「ああ、賀茂祭、終わってしまいましたね」

弁の将が針を使っていた手を休めて遠い目をしていた。

しつらえの拭《ふ》き掃除《そうじ》をしていた清少納言が、弁の将の様子を見て吹き出す。

「ふふ。弁の将ったら。賀茂祭が終わったのは三日も前ですよ？」

「だって、あまりにも夢のようにすてきなひとときだったのですもの」

祭りが終わってからの三日間、暇さえあれば弁の将は「祭り、祭り」と繰り返していた。祭りの前のほうが静かだったくらいである。

無理もない、と清少納言は心の中で苦笑いしていた。

何しろ、定子付きの女房のひとりとして、弁の将も斎院の潔斎を間近で見られるあの場所に、今年はいたのだ。いままでなら、定子に少しでもよい見物場所を確保し、自分たちはその後方から全体をぼんやり眺める程度だった女房たちが、今年は后たちと肩を並べて祭りを見物し、歓声を上げて満喫できた。よかった、と清少納言は思う。しかも、ぎりぎりまで飾り立てた華麗な牛車に乗るわが主たる定子の美しさは、常日頃接している女房たちでも目を見張るほどだった。

たぶんそれは、紫式部たちも同じように感じてくれたのではないか。もし、弁の将のように手放しで喜び呆《ほう》けてくれていたら、とてもうれしい。

今回の祭りの壮麗さと楽しさには、日頃、清少納言を「今めかしい」「出しゃばり」と内心快《こころよ》く思っていない女房たちも、清少納言に心から感謝していた。けれどもそのような自分への評価の変化は、清少納言には本当にどうでもいいことであった。

「たしかに祭りは楽しいわよね。楽しければ楽しいほど、祭りが終わったあとの空虚さったらないわね」

「そう。それ。それですよ、清少納言。まさにそれ。斎院さまの潔斎の見物の前日は、夕方に久しぶりにまとまった雨が降ったのでひやひやしましたが。——ああ、来月まで宮中での催し物はぱっとしませんし」

とうとう清少納言が声を上げて笑った。

「ふふふ。弁の将の言い方。まるで私みたいよ?」

ふたりは顔を見合って苦笑した。

「ふふ。ずっと一緒にいるのですから仕方がないでしょう」

「ま、そんなものかも」

清少納言が拭き掃除を再開すると、簀子からみるこの声がした。

「清少納言さま、よろしいでしょうか。橘則光さまが清涼殿でお待ちになってます」

「……何かしら」

順当に考えれば賀茂祭で見物席を用意してもらえたことの礼に来たのだろう。

お礼は人間関係での欠くべからざる潤滑油だが、あまり気乗りがしない。

賀茂祭で見物席を用意したのも、清少納言の中では則光のためではなく、則光の母・右近の床上げのお祝いとしてがんばったのだ。居留守を使おうか……。

ところが、清少納言は妙なことに気づいた。

何かしら、と半ば独り言のように呟いたのだが、それに対するみるこの反応がいつもと違っていたのだ。

普段なら、「何々のご用向きだとか」とか「お急ぎの様子でらっしゃいます」とか、何かしら気の利いた一言を添え、それとなく清少納言のお尻《しり》を叩くのがみるこだった。利発だった。女童ながら、そのような気働きを見せるところが好きなのだが、今日のみるこは違っていた。

さあ、と告げたきりで、困惑したような視線を床に落としている。

「みるこ、何かありました？」

すると、みるこがはっとなった顔で清少納言を見返す。

「あ、いえ。何も。則光さまがお待ちですので」

清少納言は小首を傾げた。横では「斎院さま最高。中宮さまも最高。女御さまのお車もすてきだった」と夢心地で弁の将が針を使っている。指を刺さなければいいのだけど。

清少納言はみるこを案内に立てて、清涼殿へ向かうことにした。

簀子を歩いていると、そこここで貴族や女房たちの声がする。もうすぐ昼だ。仕事を早く終えて蹴鞠なり碁なりで遊びたい若い貴族や女房たちが急いでいた。

「みるこ」

清少納言が声をかけると、少し前を歩いていたみるこが飛び上がらんばかりに驚く。

「はいっ」

歩きながらだが、清少納言はみるこに尋ねてみることにした。

「何か困ったことでもあるのかしら？」

「え……。そんなことは……」

まだまだわかりやすい。女童らしい戸惑いぶりが眩しいほどだった。

「雛遊びをしている他の女童たちとのこととか？」

「何でもありません。清少納言さまにご心配をおかけし、申し訳ございません」

あっさり否定するみるこ。友だち同士での揉め事の類ではなさそうだ。

「謝らなくていいのよ？　私でよければいつでも相談に乗るから。でも、みるこが話したくないなら、無理にとは言わない」

「……いまは、大丈夫です」

「わかったわ。けれども、ひとりで悩みすぎちゃダメよ？　悩みってね、誰かに話しただけでも軽くなってしまうものもあるから」

　はい、とみるこが頷いた。清涼殿の局はもうすぐだった。


　則光が待つ局につくと、みるこが「清少納言さまをお連れしました」と呼びかける。入ってくれ、という則光の声がして、みるこの先導で清少納言は中へ入った。几帳を隔《へだ》てて座り、袙扇でもしっかり顔を隠す。いつかのように、道長が乱入してくる可能性も考えて会話も姿勢も隙なくした。

　そのときだった。

　清少納言にあわせて腰を下ろしたみるこが、先ほどまでとはまた違った様子になる。より不安げで、表情に元気がなくなっていた。そういえば、みるこの座る位置も微妙に清少納言寄り、というか几帳の中に入りかかっている。いつものみるこなら、几帳の中も見えるけど、来訪者に顔を見せる位置にいて、両者に気を配ってくれていた。

　あらあら、と清少納言が思っていると、則光がいつもの朗らかさで、

「先日の賀茂祭ではすばらしい席を紹介していただいた。ありがとう。父も母も喜んでいた。両親からも、くれぐれもよろしく伝えてくれと言われている」

と礼をし、笹《ささ》の葉で包んだちまきをたくさん差し出した。五月の節句には少し早いが、則光の母・右近が手作りしてくれたそうだ。

「まあまあ、そのようなお気遣いをいただき、かえって恐縮してしまいます」

「あまり多くないが、食べてくれ」

「それではありがたく頂戴いたします。こちらこそ、備前のおもとたちが人混みに潰されないようにご配慮いただき、ありがとうございました」

清少納言が多少距離を取った礼を返すと、則光が困ったような顔になる。

「あ、うん」早くも言うべきことがなくなってしまったようだ。そこで則光は首を伸ばしてみるこに声をかけた。「みるこは祭りはどうだった？　うちの竹丸と約束していたみたいだけど」

その瞬間だった。

みるこが真っ赤になる。

最初、男の子と一緒に祭り見物をしたことを明かされて羞恥《しゅうち》したのかと思ったのだが、違っていた。みるこは顔の赤らみの向こうに、はっきりとぶすっとしたのである。

「みるこ」清少納言は、なるべく感情をこめずに事務的に声をかけた。「お水と、あれば唐菓子を少し分けてもらってきて」

みるこは努めて平静な様子になると、「かしこまりました」と礼をして出ていった。

則光はきょとんとした顔でみるこを見送るようにしながら、

「何だろう。怒ってるみたいだったけど。うちの竹丸も何か塞《ふさ》ぎ込《こ》んでるし。……清少納言、何か知っているか？」

みるこの足音が遠ざかり、他の貴族や女房たちのざわめきにすっかり消えてしまうと清少納言は几帳の隙間から則光を睨んだ。

「ばか。無神経」

「いきなりかよ⁉」

「……でも、みるこが塞ぎ込んでる理由が何となくわかったわ」

則光が少しだけ几帳に近づく。

「何があったんだ？」

清少納言はくせっ毛をくるくるやりながら、自分の考えを口にした。

「何かあったのはすぐにわかったのよ。友だち同士でけんかしたわけでもないみたいだし。となればちょっぴり早めの恋の悩みかなーと思ったんだけど」

則光が色めき立った。

「待てよ。恋の悩みって、あの女童は裳着《もぎ》もまだだろ？」

「女は生まれながらにして女よ」

「うーん……」理解不能とばかりに則光が唸る。

「けど、いまのでわかったわ。恋の悩み以前の恋の悩みね」

要するに、ちょっと気になっている竹丸との間でささやかなけんか状態なのだろう、と清少納言は判定した。

「何だ、そりゃ。まるでお経の中の言葉みたいにちんぷんかんぷんだ」

清少納言はため息をついた。

「いまのみるこみたいなときには、大人があれこれ言わないほうがいいと思うのよね」

「そっかぁ」と則光が頭を掻いた。「だから今日、竹丸は俺と一緒に来たがらなかったんだな」

「一体何があったの？」

「俺にもよくわからんよ。だって竹丸は俺にそんなこと何も言わないし。でも、そういえば一昨日、何かふたりで口げんかしてたかな。みるこが竹丸を嘘つきと怒ってて、竹丸は嘘なんてついてないと言い返していたような……」

その話を聞いて清少納言は頰に空いている手をあてて考え込む。

「何があったのかしら」

「わからん。別のことで忙しくて聞いていなかったから。それで、昨日は……うん。ほとんど言葉も交わさなければ目も合わせていなかったような」

「それさ、早く言ってよ」

「すまん」

「うーん。みるこもいい子だし、仲直りはすると思うんだけどね……」

「竹丸だって自分から積極的に嘘をつくような童ではないぞ」

と則光が弁護するのを、清少納言は少しうれしく思った。

「私も、この前紹介されたときに、そう思ったわ」

清少納言の同意にうれしげな顔になった則光が、不意に天を仰ぐ。

「あ？　でも、待てよ。やっぱり祭りのときに何かあったのかな」

「祭り？　みるこは後宮の女童たちで一緒に見物に行くと言っていたけど」

もし見えなければ木登りをすると言っていたはずだ。

「うーん……。祭りのときは俺も自分の家族と備前のおもとどのたちを守るので精一杯だったから、あんまり竹丸にまで気を配ってやれてなかったなぁ」

と則光が頭を掻く。ちょうどそのとき、こちらに歩いてくる子供の足音が聞こえてきた。

「水と唐菓子です」とみるこが入ってきた。

ありがとう、と清少納言が礼を言う。少しでも長めにみるこに外してもらおうと思って唐菓子も要求したが、このくらいが限度のようだった。

「いやー先日の祭りは本当に世話になった」と、多少くさいが則光が話題を変える芝居を打った。「清少納言のおかげでいい見物席を紹介してもらえた、さすが清少納言だって、方々に自慢している――」

「ちょっと待ちなさい」清少納言は几帳の中で頭を押さえた。また相扇を投げつけなかった自分を褒めたい。「そんな話を言いふらしているの？」

「うん」と則光が屈託なく答えた。

清少納言は頭を押さえたまま、説明を始める。

「そんなことをしたら、来年から私に、賀茂祭の見物場所の確保をお願いしたい、みたいな注文が殺到するでしょ」

「あ」

あ、ではない。たしかに例年であれば高貴な方々が独占しておかしくない場所に踏み込め、しかも横では孫娘の晴れ姿を泣いて喜んでいる備前のおもともいたのだ。いろいろと胸いっぱいに楽しめただろうが、舞い上がりすぎである。

それから、と言いかけて、清少納言はちらりとみるこの方を窺った。まだ女童のこの子の前でこんな話をしていいのか迷ったが、後学のためだと自分に言い聞かせる。

「それと、あなたが私の話をすると、他の女から反発を喰《く》らうと思うわよ」

「は？　何だそれ」と、則光が心底意外そうな声を発した。「俺は純粋に清少納言を賞賛しているだけだぞ？」

「他の人ならいいのよ。でも、あんたから見た清少納言は――昔の女でしょ？」

意味なく頬が熱くなった。清少納言にも、恥ずかしいという気持ちはあるのだ。

「昔の女を褒めちゃダメなのか？」

「ダメに決まってるでしょ！　女から見たら気に入らない、にくきものの代表」

「男どもの間ではおまえの話をすると受けがいいんだが」

清少納言は袙扇を閉じ、握りしめた。

「まだ気があるんじゃないかとか冷やかされてるんじゃないの？」

「よくわかったな」

「それはばかにされてんのよ！　気づけ！」

あと、まだ気があるなんて妄想ですから、と言い添えておく。今度こそ清少納言は則光を追い返した。側でみるこがびっくりしている。

「みるこ。いただいたちまきを一緒に食べましょう。それで――最後の話は黙っててね」

はい、とみるこが苦笑した。これではみるこの悩みを聞き出すどころではない。あのばか、と則光の顔を思い出してもう一度悪態をついた。

◇◇◇

みるこは清少納言を先導して登華殿へ帰った。

清少納言がきょろきょろして静かな局を見つける。そこで、清少納言とみるこはちまきをいただいた。丁寧に作られたちまきはもちもちしておいしい。包んである笹の葉の香りもさわやかで、みるこは一足早い五月の美味を堪能していた。

清少納言は後宮の中心たる中宮定子に仕える女房。知り合いが多い。内々でちまきを分けるとしても誰に分けるかは微妙な問題だった。大変だな、とみるこは思う。

「備前のおもとどのとそのご家族の分は取っておいて。あとは中宮さま。弁の将には私がこっそり渡しておくか。残りは数個だけど中宮さま付きの女童たちで分けてね」

「はい」とみるこは返事した。

みるこは清少納言に気に入られて、清少納言の用事をよく言いつけられているが、他の女房たちにも仕えている。このようないただき物があったとき、他の女房たちだとだいたい自分たちで分けてしまって、みるこたちがお裾分《すそわ》けをいただくことはまずない。

けれども、清少納言は違っていた。たとえほんのわずかであってもみるこたち女童の分を分けてくれる。女童たちの分がないときには「ごめんなさいね。また別のときに穴埋めするから」とわざわざ頭を下げるのだった。

こんな女房は他にいない、とみるこは感動したものだ。だから、簡単に言ってしまえばみるこは清少納言が好きだったし、他の女童たちにも「私は清少納言さまのご用を仰せつかってるの」と自慢していた。

ちなみに、もうひとりだけ、清少納言と同じようにお裾分けをこっそり女童たちにしてくれる女房がいると、彰子に仕える女童から聞いた。紫式部だった。お互い、顔を合わせれば何だかんだと言い合っているが、ひょっとしたら似たもの同士なのかもしれない……。

則光からもらったちまきの分配を決めると、さらに清少納言は自分の局に移動して文箱《ふばこ》から硯と筆を取り出すと、お礼の手紙を書き始めた。

「こういうのはね、早いほうがいいのよ」

と清少納言が後学のためにと、みるこにそんなふうに教えてくれる。

「則光さまに出すのですか」

「いいえ。この場合はちまきのお礼ですから、右近さまに宛《あ》てて書きます」

「左様でございましたか」

清少納言がさらさらと字を書いていった。流れるような筆運びに憧れる。自分がそんなふうに優雅に筆を運んでいるところを想像しようとして、やめる。みるこは左利きなため、清少納言と左右の手の使い方が逆になって想像しにくかったからだ。左利きと言えば、雛遊びのときもそのせいで放り投げた人形が変な方に飛んでいって長押に引っかかってしまって清少納言に迷惑をかけたし、不便なことがある。

みるこはまだ仮名しか読めなかった。

字と言えば、則光のところの竹丸はまだ全然読み書きができないらしい。と、不意に竹丸のことを思い出して心が重たくなった。

楽しみにしていた祭りだったのに。あんな嘘つきだとは思っていなかった。

ちょっとした煩悶《はんもん》からみるこを呼び戻したのは、清少納言の声だった。

「あー、ダメ。いい歌が思い浮かばない！」

と、清少納言は筆を放り投げて、両手で頭を抱えている。

「だ、大丈夫ですか」と声をかけてみた。清少納言は、大丈夫よと答える。

「私、実は歌って苦手なのよねぇ」

清少納言が口をへの字にして告白した。みるこは聞いてはいけないものを聞いてしまったようで、「ええ⁉　本当ですか⁉」と大きな声を上げてしまう。

「本当よ。あと、あんまり大きな声を出さないでね」と清少納言は片方の目をつぶり、口の前に右手の人差し指を立てた。

「あ……ごめんなさい」とみるこが両手で口を押さえる。けれども、好奇心のほうが勝って質問を口にした。「でも、清少納言さまの父君も曾祖父君《そうそふぎみ》も有名な歌人だったとお聞きしました」

「父の清原元輔は和歌所の寄人《よりうど》に選ばれて、万葉集に読み仮名をつけたり、勅撰和歌集《ちょくせんわかしゅう》の編纂に携わったわ。場所が後宮の東、昭陽舎《しょうようしゃ》だったから昭陽舎の別名・梨壺にあやかって『梨壺の五人』のひとりとか呼ばれて。曾祖父の清原深養父も『古今和歌集』に歌をだいぶ取り上げられてる」

曾祖父は当時の歌人たちの頂点に近い実力と人気の持ち主のひとりである。

「だったら、清少納言さまも、その血をお引きなのですから、歌もお上手なのではないのですか」

と、みるこが言うと清少納言がこちらを指さした。

「それが苦手なのよ。中宮さまみたいにご両親の才能を一身に受けて育てばよかったのに、私はちょっと違うみたい」

失言だったらしい。清少納言はくせっ毛を——本人は少し気にしているみたいだが、みるこは好きだった——くるくるやりながら、笑って許してくれたが。

「そんなことないと思いますが……」

「ふふ。ありがと。でもね、私が歌を作ると、どうしても父や曾祖父と比べられる。そして、私の歌はまだ父や曾祖父と肩を並べられるほどにはなっていない」

「そうなのですか」とみるこは信じられない気持ちになった。

頭がよくていろんなことを知っていて、でもそれを鼻にかけない。いつも颯爽としていて若葉緑を吹き抜ける風のように後宮を歩いている姿。中宮さまと親しげに話すときの、ちょっと緊張しながらもうれしそうな表情――みるこが知っている清少納言のどこにも、自分の気弱さを口にする清少納言はいなかったからだ。

「気にくわないことがあったら、主上と中宮さま以外なら誰にでも文句を言いにいく私だけど、何もかもができるわけじゃないもの」

「あ」と思わず清少納言の言い方がおかしくて、彼女の顔を凝視してしまう。

清少納言があらためてみるこに微笑みかける。

「何で私が父たちに歌で追いつかないなって考えると思う?」

「……わかりません」

「それはね、私がまだ若いからよ」

「…………!?」

これこそ、みるこには意外すぎる言葉だった。清少納言といえば、理に合わないと思ったら相手が年上でも平気で抗議する人だと、近くにいてよく知っているからだ。

「冗談を言っているのではないのよ? たとえば賀茂祭を見る。私は中宮さまが喜んでくださるかを第一で考えてしまうけど、父や曾祖父なら違う感じ方をする。何年も祭りを見物しながら、心に浮かぶ想いはいつも違ったはず。その想いの重なりは知識ではなく、年を取らないとわからないものなんだって、自分で歌を作って初めてわかったの」

「年を取らないと、わからない……」

「年を取って若い者の言うことを聞かなくなるイヤな爺《じい》さん貴族もいるわよ？　でも、貴族として生まれ、参内を許されて何十年という人なら、位は高くなくても摂関家の若い男以上に、何も言わなくても主上のお心が察せられたりするものなのよ」

「はあ……」

まだ裳着を済ませてもいないみるこには、計り知れない世界だった。

「歌について言えば、若い人が才能のきらめきで技巧を凝らした歌を詠んだりする。けれども、年を取った方が詠んだ素朴な歌のほうがひどく心を揺さぶったりする。そこには技巧でも才能でもない、人生を生き抜いた光や力があって、本物の教養を感じさせるのよ」

ずいぶん難しくなってきたが、がんばる。

「教養というと、やはり難しい漢文とかを勉強しないといけないのではありませんか」

「漢文の勉強はただの知識。その知識で世の中のお役に立ちたいとか、人生のいろいろな出来事にぶつけて、ああ本当だなって思ったりしたときに、知識が教養に変わっていくんじゃないかな」

だからこそ、ただ頭がいいだけではダメで、自分たち凡人には年を取らないとわからないのだ、と清少納言は繰り返した。難しいけれど、とても大事なことを教えてもらっているのだ、ということはみるこにもわかる。

「教えていただき、ありがとうございます」

と手をつくと、清少納言がさわやかな笑みを見せた。

「ということで、このお礼の手紙に歌をつけるのはやめましょう」

「まあ」とみるこは目を丸くした。

「そもそも私は欲張りなのよ？　この世の『をかし』を美しいままにすべて集めたいのだから。だから三十一文字の歌じゃ足りないんだし。この手紙、則光の邸の右近さまに届けてきてね。私はこのあと外へ出なければいけない用事があるから」

と清少納言が送り出す。

みるこは内裏を出発した。

内裏の東、宣陽門《せんようもん》と建春門《けんしゅんもん》を抜ける。門番とはすっかり顔なじみだ。

大内裏に出て、東へ。右手には雅院《がいん》の甍《いらか》が見えた。

外は暖かく、空気は気持ちがいい。もうすぐ五月雨の季節になって、外で遊べなくなるのが残念だった。まあ、雨なら雨で人形遊びなり双六《すごろく》なり、室内での遊びはいくらでもあるけれども。

大内裏の中を大勢の人が行き来している。

男も女も、牛車も。若い役人もいれば、みるこのようなお使いらしい子供もいた。

知り合いの童や女童がいないか、探してしまう。いつもならそんなことはしないのだが、なぜかいまは則光の邸に行くのを誰かに見られるのが気恥ずかしかった。

足が少し重くなった。

気晴らしに違うことを考えようと、みるこは先ほどの清少納言の話を振り返る。まだ少女のみるこには、大人たちが詠む歌のをかしさ、すばらしさはあまりよくわからない。大人になればそんな歌のよさがわかるのだろうか。そのためには勉強だけではなくて、教養というものが大事らしい……。

そんなことを考えていたからだろう。

陽明門を出たところで急に飛び出してきた人とぶつかってしまった。

「うわっ」

「きゃっ」

竹丸だった。

尻《しり》もちをついてみるこは倒れた。その拍子に、清少納言の手紙を落としてしまう。ぶつかってきた竹丸も尻もちをついていた。みるこは慌てて清少納言の手紙を拾い上げると、立ち上がる。

「ご、ごめん」と竹丸が自分の尻の土を払いながら言った。

「………」

みるこは何を言っていいのかわからなくて、黙っている。

「どこへ行くんだ」

「則光さまのお邸。清少納言さまのお手紙を右近さまへお届けに」

するとと竹丸がぱっと笑顔になって、右手を差し出した。

「じゃあ、よこせよ。俺が持っていってやる。俺のほうの用事はもう終わったんだ。これからお邸に帰るところだから」

「そう……じゃあ、ちゃんと渡してね」

「任せろ」

みるこが左手に持っていた手紙を渡すとうれしそうな顔をした。

……ここまでみるこは、にこりともしていない。竹丸がふと真剣な顔をして、うつむく。

「――まだ怒ってんのかよ」

「怒ってない」

「怒ってるだろ」

「怒ってない。だって、嘘をついたのはあんたでしょ」

みるこがそう言うと、竹丸が舌打ちした。

「何度も言ってるだろ。俺は嘘なんてついてない。ちゃんと知らせたろ」

「知らせてないよ！　おかげで、お祭り……せっかく楽しみにしてたのに。何で竹丸は、そんな……平気な顔、してられるのよ」

悲しくて、さみしくて。気づけばみるこは涙がぽとぽとと地面に落ちていた。しくしくと声もなく泣き出したみるこを見て、竹丸が動揺する。

「ごめんって。嘘はついてないけど、ごめんって」

「やだ」とみるこは背中を向けた。

突然、竹丸がみるこの手を取る。驚いていると、竹丸はそのみるこの手に、丸い小さな布でできたものを握らせた。何かに気づいた竹丸が、一度その丸いものを取り返して軽くはたく。藤と山梔子《くちなし》の花びらが落ちた。

ふわり、と甘くやさしく、上品な香りがする。

「これ、やるから」

「何これ」

「いい匂いがする。法興院《ほうこういん》の山梔子のそばで拾ったんだ。おまえにやろうと思ってた」

「嘘つきからはもらわないいっ」

「だから、俺は何も嘘を——」

竹丸が反論しようとしたときだ。

みるこたちのすぐ側に、一台の牛車が止まった。前簾が上がると、衵扇で顔を隠した清少納言が声をかけてきたのだ。

「みるこ？　一緒にいるのは竹丸？」

「あっ、清少納言さま」とみるこが言うと、竹丸も慌て始める。

「せ、清少納言さま。えっと、右近さまへのお手紙、たしかにお預かりしました」

それでは、と頭を下げて、竹丸が陽明門へ走っていった。

せっかくだからと、みるこは清少納言に呼ばれて牛車の中に入る。清少納言は定子に関する用事で大内裏の外の左京職へ行くところだった。

左京職へつくと、清少納言はみるこを牛車に残して用件を済ませ、また牛車に戻ってくる。牛車の中ではみるこが先ほどの竹丸から渡された小さな丸い布でできたものを握っていた。まるで菊の花のような造形で、よい香りがする。布の一部が茶色く山梔子の花びらに染まり、青い藤の花びらに染まっているところもある。竹丸が乱暴にはたいて色が移ってしまったようだ。よく見れば、泥の汚れもある。拾ったのは嘘ではなさそうだった。

「お待たせ。祭りの前日は少し雨が降ったけど、そのあとはずっと晴れで気持ちがいいわね。さ、後宮へ帰りましょう」と言った清少納言がみるこの手の中のものを指摘する。

「それ、えび香ね？」

「えび香、というのですか」

「匂い袋として持ち歩くのよ。――ああ、すてきな香り。あら、落ちてしまったけど藤の花のおまけも付いていたのね。あと、山梔子ね？」

と清少納言が牛車に落ちたふたつの花びらを指さす。

「はい。山梔子色の染料のもとになります」

「これがそうなんだ。染めた色でならわかるのだけど。みるこは物知りね」

清少納言に褒められて、頬が熱くなった。

「山梔子は内裏には植えていませんけど、鴨川の方へ行けば結構咲いていています。甘いいい匂いがするんです」とみるこが落ちた花びらを嗅いでみる。

清少納言はみるこから花びらをもらって香りを確かめてみた。

「あの山梔子がこんなすてきな香りを放つなんて、いとをかし。みるこのおかげでひとつ賢くなれたわ」

「とんでもないです」

「それにしてもこのえび香、よい香りだわ。備前のおもとどのの調合には負けると思うけどよい香りじゃない」

みるこも匂いを確かめる。

「山梔子とは違った、甘い香りがします」

「竹丸がくれたのね？」

「……はい」

牛車がごとんとひときわ揺れる。上東門《じょうとうもん》に着いたようだった。みるこが緊張していると、清少納言はこんなふうに切り出す。

「さっき、手紙を書いていたときの私の話、覚えてる？」

「はい。教養のお話でした」

そうそう、と清少納言は頷いた。

「あのときの私の話のまとめを簡単に言うと、手紙に歌はなくてもいいということと――大人をなめちゃダメってこと」

「え？」みるこは顔から血の気が引いた。

清少納言がやさしく問いかける。

「みるこより少し大人の私から見たら、みるこがとても悩んでいるのはお見通しよ？　それも、たぶん竹丸との間での出来事」

みるこは狼狽える。気づけば、涙が流れていた。

「……ごめんなさい」

清少納言がみるこを抱き寄せる。

「なんで謝るの？　みるこは悪いことをしたのではないのでしょ？」

「……はい」

「だったら謝らなくていいのよ？　何があったの？」

みるこは洟を啜《すす》った。

「賀茂祭で、ふたりで一緒にお祭りを見ようって約束したのです――」

と、何度か言葉につかえながら話を始める……。

約束した場所は則光たちの見物場所のそばだった。男の子と一緒の祭り見物。やましいことはないが、恥ずかしさが先に立つのでこっそり向かうことにした。

竹丸はおもしろいし、やさしい。だから、いいかなと約束したのだ。

ところが肝心の約束の日時に、いくら待っても竹丸はやってこなかったのだ。

ごった返す人混みの中で、誰かに見つかったらどうしようという気持ちにどきどきしながら竹丸を待っていたのに、その竹丸が姿を見せない。ついには斎院の行列がやってきたというのに、あの素朴な笑顔の竹丸はやってこなかった。

せっかく新しい衣裳をおろしたのに。

用事ができたならそう言ってくれればいいのに。

だが、待てど暮らせど竹丸がやってこないとなると、怒りは心配に変わった。

病気だろうか。それとも事故に巻き込まれてしまったのではないか――。

人々の歓声に背を向けて、みるこは首を伸ばしたり、背伸びをしたりしながら約束したあたりをぐるぐると歩き回った。

「どこにいるんだろう」

途中、知り合いの女童が竹丸からだという紙を持ってきてくれた。

中を見てみるこは絶句した。

「一体どういう意味なの？」

いちばん上には三つ点がある。何かが光っているようにも見える。次の字らしきものは、牛か。横棒二本を大小三本の線が斜めに切っているようにも見える。都の通りにこんな道があっただろうか。その下にあるのはこれこそ絵だ。横向きの五つの山型を二本の斜線が走っている。

「最後のは……お箸《はし》を持った手？」

何でそんなものを書いたかわからない。わからないが、みるこは自分が箸を持つ手を確かめて、そちらの方向へ約束の場所から走り出した。

走ったが、竹丸の影も形もない。

とうとう斎院の行列が行ってしまうまで、竹丸を探し続けたのだ。

結局、みるこは竹丸に会えずじまいで、祭りも見られなかった。

ところが、である。

その日の夕方、朱雀門まで戻ってみると、祭りの余韻を味わいながら行き交う人の中に、竹丸がぽつんと立っていたのだ。

みるこは駆け寄った。

「竹丸。どうしたの？」

すると竹丸が怒ったように言う。

「どうしたって、待ち合わせの場所にみるこが来ないから待ってたんじゃないか」

みるこは涙が溢れそうになった。何で自分が怒られなければいけないのか。ずっと待ちぼうけを食らったみるこはかちんときた。

「嘘つき！　私、ずっと待ち合わせの場所にいたよ？」

感情が先立ってしまったみるこに、竹丸も言い返す。

「嘘なんてついてない！　俺はちゃんと待ち合わせの場所に行ったんだ」

「来てないもん！　あたし、ずっと待ってたんだもん。竹丸に何かあったんじゃないかって心配してたのに！」

みるこの目に涙がにじむ。涙をこぼしたみるこに、竹丸がいまさらながら謝った。

「ご、ごめんよ。でも、俺ちゃんと行ったんだって」

「嘘！　来なかった！」

ずっと待ってたのに。すごくすごく心配したのに。

竹丸が来なかったのは事実なのに。何でそれを認めないのだろう。それを認めないで何を謝っているんだろう――。

すると、竹丸は開き直った。

「俺、嘘なんてついてないもん。そんなに言うなら、もういいよ」

「あたしだって！　竹丸がそんな嘘つきだなんて思わなかった！」

もうやだ。こんな言い合いなんて、本当はしたくないのに……。

◇◇◇

みるこは話しながら泣いていた。情けなくて。気恥ずかしくて。

清少納言は牛車の中でみるこのつやつやした黒髪を撫でてあげながら、何度も頷いて話を聞いていた。

「それで、竹丸とけんかになっちゃったのね？」

「はい。でも、竹丸はその後もずっと、自分はちゃんと約束の場所に行ったんだって、則光さまのお使いのたびに言ってきて。もうあんな嘘つきは大嫌いです」

そう言いながら、みるこはしくしくと泣いている。

「みるこ？」と清少納言はやさしく声をかけた。

「はい」

「みるここそ、自分に嘘をついてはダメよ？　竹丸が、嘘つきで、みるこにとって本当にどうでもいい子だったら、みるこはそんなに泣かないよ？　竹丸が大切なお友だちだから、みるこは悲しくて泣いてるんでしょ？」

みるこが口をへの字にして、また涙をこぼした。「はい……」

清少納言は微笑みながら、みるこの持っているえび香に目を向ける。

「竹丸だって同じ。何とかみること仲直りしたくて、だからそのえび香をくれた。みるこだって、そのことはわかるわよね？」

「……はい。でも」

「待ち合わせの場所に来なかったのに、竹丸は『行った』と言っている。ここは竹丸が変わらない。竹丸は嘘をつくような子ではないのに、今回だけどうしてなんだろうって、みるこは悲しいんだよね？」

「そうです」

清少納言は重要なことを思い出した。

「途中で竹丸から何か書いてある紙が届いたのよね？」

「はい」とみるこが懐《ふところ》から丁寧に折りたたんだ紙片を取り出す。口では何だかんだ言ってもこのように持っているのが微笑ましい。

「中を見るわね？」とことわってから、紙を開いた。

開いたのだが……。

「きっといたずら書きか何かだと思うんです。全然意味わかんない」

と、みるこが口を尖らせるだけのことはあった。清少納言にも何が書いてあるのかまったくわからないのだ。

「これは──うーん……」と思わず頭を抱える。「竹丸は字が書けないのかぁ……」

ちんぷんかんぷんな状態の清少納言をみるこがじっと見つめている。

みるこは最後のものは箸を持つ手と踏んだそうだが、正解かどうか。清少納言にもまったく読み解けないのによく読み解いたものだ。仮にそうだとして上のふたつは何だろう。

「なので約束場所が変わったのかなって走ったんですけど、竹丸、全然いなくって」

みるこがまたぽろぽろと泣きだした。

清少納言にはみるこの涙も竹丸のえび香も、何もかもが輝いているようで眩しく思えた。これはまだ恋にはなっていないかもしれない。そこに歌のやりとりもなければ、夜闇《やあん》に忍ぶ訪《おとな》いもない。けれども、大人になったら──それこそ男女の愛に肉体と家柄とが混入してきたら──忘れてしまう透明な気持ちがたしかにあった。

そう。木々に今年ついた幼い葉がごく薄緑色の若葉となる瞬間のような、透明な一瞬。

清少納言はみるこの頰の涙を拭って、

「かわいらしいこと」

でも、その気持ち──いとをかし。

見上げるように顔を上げたみるこが小首を傾げた。

「清少納言さま?」

「私がきっと解決してあげる。だからもう泣かないで。女は笑顔がいちばんなのよ」

と清少納言が片方の目をつぶってみせた。男の添えものではなく、女の持てる自然の美しさの発露として笑顔は美しいのである。みるこはえび香を握って頷いた。


その日の夜のこと。夕ごはんをすませ、中宮に物語などをしながら清少納言がくつろいでいると、みるこがやってきた。

「あの、清少納言さま」

「あら、みるこ。珍しいわね。こんな時間にやってくるなんて」

御座所《おましどころ》の入り口にちょこんと座っている汗衫姿《かざみすがた》のみるこに、定子も気づく。

「かわいらしいこと。少しゆっくりしていかない?」

定子が親しげに声をかけると、みるこは真っ赤を通り越して顔色を青くした。

「と、とんでもないことでございます」

「あらあら。でも、私は清少納言よりもあなたとのほうが年は近いのよ?」

定子が楽しそうにしている。

「中宮さま。お言葉は正しいのですが、お立場というものがあります」

と清少納言がたしなめると、定子は脇息にもたれてくつろいだ姿を見せた。

「立場を言ったら私にはお友だちは誰もできなくなってしまうわ」

清少納言がはっとなって、己が主の顔を見つめる。愛らしさと美麗さと清楚《せいそ》さがひとつになった顔にある瞳には、ただの冗談ですませるには深い光があった。

周りの年かさの女房は何か言いたげに、それぞれ目配せし合っているが、ここは清少納言の出番と心得る——。

「左様でございますね。私ではもう年増女で若い中宮さまに捨てられてしまいそうです」

と、清少納言がわざとらしく悲しげな声色を使えば、若い女房たちが笑いを嚙みしめる。苦い顔をしているのは年かさの女房たちだ。どうやら清少納言がいまの返礼にこめた皮肉を読み取ったらしい。「私で年増なのだから大年増のあんたたちは引っ込んでなさい」と。

同時に、不意に本心を見せてしまった定子への支援にもなる。

「ええ。たまには若い子と話をしたいもの。うふふ。それにいまのみるこはとてもよい香りがする。清少納言からも少し香っていたけど、みるこがもとだったのね。すてきだわ」

みるこが真っ赤になった。

「お、恐れ入ります……」

竹丸がくれたえび香の香りだろう、いい贈り物をしたではないか、と清少納言は微笑ましく思った。

「というわけで、みるこ」と清少納言がみるこに向き直った。「中へ入ってゆっくりしていきなさい。私への用事だったわね？　誰がどこで呼んでいるの？　また紫式部？」

清少納言がくせっ毛をくるくるしながら、面倒くさそうに確認する。

「はい。ですが……」

「他にも何か？」

すると、みるこはまるで床に埋まってしまいそうなくらいに深く深く頭を下げた。

「実は紫式部さまは、清少納言さまとあたしに用がある、とのことで……」

清少納言は髪をいじる手が止まる。思わず振り向くと定子が気遣わしげにこちらを見ている目とぶつかった。


紫式部は弘徽殿で待っているそうだ。清少納言が仕える定子の登華殿、紫式部が仕える彰子の飛香舎との中間に当たる。さらに弘徽殿は後宮でもっとも格の高い殿舎である。

「夕食のあとに弘徽殿に来ることはあまりないわねぇ」

と清少納言が努めておっとりとみるこにしゃべりかけていた。かわいそうに、紫式部とかいう怖い女房の呼び出しを受けて、みるこの手が冷たくなっている。

すっかり日も落ち、それぞれの局で女房たちがゆったりした時間を過ごしているのが聞こえてきた。その温かな雰囲気に反して、簀子の風は少し寒い。風が吹くと、昼間みるこが持っていたえび香からの香りが鼻に届いた。心を落ち着かせるよい香りだ。

「あたし、何かしてしまったのでしょうか」

「私が一緒だから大丈夫。万一のときは清少納言に言われたとシラを切ればいいから」

何で呼び出されたかわからない時点でそのように言ってあげられるほどには、清少納言はみるこという女童を評価していた。

「恐れ入ります……」

弘徽殿の細殿《ほそどの》にさしかかると、このあたりは男の役人も多いわね、と呟きつつ、清少納言は衵扇で顔を隠した。

細殿のいちばん南、清涼殿側の局が紫式部が指定した場所だった。

「お待たせしました」と、みるこが挨拶をすると、どうぞと紫式部が答える。

清少納言が中に入り、みるこが続いた。衵扇を閉じると紫式部の複雑な表情が出迎える。

おや、と清少納言は内心で首をひねった。これまでの経験上、こういうときの紫式部は大抵、怒っている。ところが目の前の紫式部は、怒りだけではない表情をしていた。困惑、哀憐《あいれん》、軽蔑《けいべつ》などの感情が複雑に渦巻いて、彼女の心をかき乱しているのが感じ取れる……。

さらに清少納言を驚かせたのが、紫式部の側に座る女性の存在だった。

まだ若い。清少納言たちより年下だろう。着ている物は目にあざやかな明るめの紅の唐衣で、布地は上等の物を使っている。肌は白くてきめ細かく、顔立ちは清純な雰囲気を見せていた。髪は黒く輝いていて、いかにも育ちのよさそうな目をしていた。

「これは……内侍司の典侍《ないしのすけ》さまではありませんか」

内侍司は後宮全体の女官たちの中心部署だ。どの后に対しても公平に接すべき立場であり、定子側の清少納言や彰子側の紫式部とも等距離にある。なるほど。内侍司の典侍が一緒となれば、登華殿や飛香舎ではなく弘徽殿で会うのがふさわしかった。

つまり、清少納言とみるこに用があるのは、本当は内侍司か典侍個人ということになる。

その清少納言の推理を裏づけるように、紫式部よりも先に典侍が頭を下げた。

「わざわざお呼び立てして申し訳ございません。紫式部さまにもご相談したのですが、清少納言さまに直接声をかけたほうがいいだろうと助言をいただきましたもので」

「左様でございましたか。それで、どのようなご用件でしょうか」

と清少納言が質問すると、不意に典侍が言葉に詰まり、側の紫式部に顔を向ける。紫式部は眉を八の字にして小さくため息をつくと、清少納言に身体を正面にして向き合った。

「清少納言。私とあなたは意見が合わないこともある。顔を見れば言い合いになることもある。でも、私はあなたの心根のすっきりしたところは好ましいと思っていたのよ」

突然の告白に、清少納言の勝手が狂う。

「あ、ああ。そう？　ありがと」

清少納言が紫式部の真意を推し量りかねていると、紫式部は唇をわななかせた。

「なのに、あなたは——私の信頼を裏切った！」

「え⁉　何があったの⁉　っていうか、私、あなたに信頼されてたの⁉」

紫式部が小さく舌打ちして続けた。

「いまのは、その、言葉のあやですが……あなた、人の物を盗《と》ったのは本当なのですか⁉」

あまりにも意外すぎる言葉を聞くと、人間は思考が停止する。このときの清少納言がそうだった。

「…………え？」

その微妙な間と問い返し方が紫式部の追及の火に油を注ぐ。

「とぼけないでください！　私とあなたの間ではありませんか」

一応、周囲の局への配慮として声は抑え気味にしてくれているが、内容は一貫して清少納言を告発していた。

「とぼけるも何も、本気で意味がわからないんだけど」

紫式部がまた口を開きかけ、ため息に代える。紫式部は指で自分の鼻を指した。

「この匂いが何よりの証拠です」

「匂い？」

「いまのあなたたちからは――厳密にはそのみるこからは、平素の匂いとは違う匂いがしています」

紫式部は相変わらず厳しい表情で清少納言を見つめている。突然話題を振られたみるこが仰天していた。だが、いまの紫式部の台詞を聞けば、清少納言ならぴんとくる。

「ひょっとして、このえび香のことを言ってる？」

と清少納言が促し、みるこが菊の花のように包まれたえび香を懐から取り出した。昼間、竹丸がみるこにくれたものだ。その甘い香りは、たしかに独特だったが……。

紫式部はえび香を見ると、側の典侍を振り向く。

「間違いありません。この香り、そして山梔子と藤の花びらがついて汚れたのが証拠。私の局から持ち出されたえび香でございます」

これにはさすがに清少納言も目を丸くした。仰天したと言ってもいい。隣のみること顔を見合わせたまま、とっさに言葉が見つからない。

近くの局で女房たちが笑う声が聞こえた。

紫式部が厳しく唇を引き結びつつ、目元をかすかに潤ませてため息をつく。

「典侍さまのえび香がなくなったのは数日前のことだそうです。あちこち探したものの見つからず、今日、あなた方が牛車から降りてきたときに、たまたま通りかかった典侍さまがこの香りを聞いたとのことで、私のところへ相談に来られたのです」

紫式部の説明の間に、清少納言の頭が冷静かつ熱く回転を始めた。

「なるほど。そういうことだったの」

最初からそのように順を追って説明してくれればいいものを。

「このえび香は材料が特別なのです。私は内侍司の者ですが、先日、藤壺女御さまから内侍司十二人に白檀《びゃくだん》の贈り物を頂戴しました。私たちはそれを大切に分け合い、ある者は薫香に使ったりしましたが、私はえび香にしたのです」

藤壺女御とは紫式部が仕える彰子のことだ。藤壺を使っている女御、の意味である。

「このとてもすばらしい甘い香りは、女御さまの白檀だったのですね」

白檀は、沈香《じんこう》と違って熱さなくともいい香りを放つ。そのため、えび香はもちろん、仏具や仏像そのものにも用いられていた。

内心、定子にも気づかれるほどの香りの正体を知りたかったのだが、彰子所有の白檀だったなら合点《がてん》がいく。

「女御さまからの贈り物が関《かか》わっているため、典侍さまは個人的に親しい私に相談してこられたのです」

そう紫式部が補足し、さらに典侍が、

「そのえび香の布地は、私が母から譲り受けた唐衣を使っていますから見間違えようがありません。虫が食ってしまったので残念に思っていたのですが、今回このような尊いいただき物があったので、はさみを入れました」

えび香のために切った残りの唐衣は典侍の局にあるとのことだった。

「それで、清少納言。このえび香はどういう経緯でここに来たの？」

と紫式部が問いかけてくる。

清少納言が答えるよりも早く、みるこが口を開いてしまった。

「申し訳ございません。典侍さまの物とはつゆ知らず――」

みるこが平伏している。大人に囲まれ、しかも盗まれた物と聞いて動転してしまったのだろう。みるこは小さく震えていた。紫式部も、清少納言に対するのとは比べものにならないほど、やさしい声に変わる。

「これは、清少納言ではなく、あなたが手に入れたの？」

「ある人からもらったのです」

「それは、どなた？」

みるこが言葉に詰まった。清少納言はその間にもう一度、えび香を手にする。胸の落ち着く香りのえび香が、いまは不思議な迫力を持っているように感じられた。

典侍の母からの唐衣を使ったという布地は、とても質のいい物だ。

「みるこ、名までは言わなくていいわ」

と、えび香を持ったままの清少納言がみるこを制した。

「あら、この汚れは何かしら」と紫式部が首を傾げる。

「ああ。花びらがついていたときに、一緒に少し泥もついていたのよ」

「泥ですか」

と紫式部が秀麗な顔を曇らせた。

「紫ちゃん、何か気になるの？」

「他は濡れたところがないかなと思いまして。雨や水で濡れてしまったらえび香の中身が染み出してしまうし、えび香自体がすぐダメになってしまうでしょ？」

「貴重な白檀だものね」と清少納言が腕を組む。

そのときだった。

わっ、という大きな声で、みるこが突っ伏して泣き出したのだ。

「清少納言さま。竹丸がこれを盗んだのですか⁉　竹丸は私にまた嘘をついたのですか⁉」

突然、泣きながら叫ぶように言葉を発したみるこに、紫式部たちが唖然《あぜん》としている。

「みるこ」と清少納言が呼びかけるが、みるこは止まらなかった。

「盗んだようなえび香なんていらない!!　みなさまにこんなにご迷惑をおかけして――」

「みるこ」

「竹丸なんて大っ嫌い!!」

「みるこっ」と清少納言がみるこに向き直って、小さな両肩を摑んだ。「落ち着きなさい!」

「だって……。うわあああっ」

清少納言は大声で泣いているみるこを抱きとめ、背中をさすっている。紫式部が清少納言に尋ねた。

「いま、みるこの口から出た竹丸という名に、清少納言は聞き覚えがあって?」

「――ええ。この内裏にもよくお使いできている童よ。主人は、法皇さまの乳母・右近の子、つまり法皇さまの乳兄弟である橘則光どの」

「法皇さまの乳兄弟の方のところの童……」と紫式部が唸っている。もし、典侍のえび香を盗んだ犯人がその童だとしたら、変にことが大きくなりはしないかと危惧しているのだろう。そう判断すると思って、あえて則光の素性を明かしたのだ。

「ところで典侍さまの局はやはりこの弘徽殿に?」と清少納言。

「はい。この細殿にあります」

「ここは清涼殿にも近く、貴族や男の役人からもよく見えますし、何よりそのような方々の使う童が走り回っていてもおかしくない場所ですね」

と紫式部が相変わらず頭を抱えていた。清少納言の腕の中のみるこが泣き止む。

「はい。ですがあの、おふたりとも。犯人は気になりますが、こうしてえび香が戻ってくれば私はもう……」

そう言って、典侍が目を伏せた。しかし、紫式部はこう言った。

「いいえ。こういうことははっきりさせないといけないでしょう。その童が盗みを働いたなら大事《おおごと》ですし、違うなら中途半端《ちゅうとはんぱ》な灰色の心証を持ち続けては無礼というもの」

不意にみるこが顔を上げた。「清少納言さまは、竹丸が犯人かどうか、どう思っているのですか」

清少納言は、みるこの顔を両手で挟むようにしながら親指で涙のあとを拭ってあげる。

「私の意見は変わらないわ。竹丸は嘘をつくような子だとは思っていない。ましてや盗みなんて。――本音では紫式部もそう思ってるはずよ」

「清少納言っ。あなた、勝手に……」

みるこが「本当ですか」と紫式部を振り仰いだ。紫式部がみるこの懇願《こんがん》するような瞳に困惑している。いまのうちに今回も助手に組み込んでしまえ。

「みるこが信じてあげなくてどうするの?」そう言って清少納言は顔を上げ、みるこの肩に手を置いた。「祭りの待ち合わせもえび香も、ぜんぶまとめて私と紫式部がきちんと解決してあげる。この謎――いとをかし」

清少納言がにやりとした。その顔には、やりたいようにやらせてもらうと書かれている。紫式部が苦々しい顔でため息をついて、

「あなたがどうやろうとも勝手ですけど、この件、早く片づけたほうがいいわよ」

「どうして」

不意に紫式部が目をそらした。「それは……」

「何かあったの？」

竹丸を犯人としてすでに上役に訴えた、ということはあるまい。紫式部も典侍も、竹丸の名前はいまこの場で初めて耳にしたはずだ。

清少納言が何度かつつくと、紫式部が渋々《しぶしぶ》という感じで口を開いた。

「この件、道長さまの耳に入ってしまったのよ」

まったく予期していなかった名に、清少納言は首をひねる。

「は？　どうして？」

ややうなだれてしまった紫式部の代わりに、典侍が説明した。

「私が紫式部さまにご相談に行ったとき、たまたま通りかかった道長さまが私たちの声を聞きつけて入ってこられて。それで事のあらましをご説明申し上げたのです」

清少納言は思い切り口角を下げる。

「何それ。道長は後宮をなんでそんなにうろちょろしてるの。暇なの？　変態なの？」

「清少納言っ。その言い方はないでしょ」

「だって、後宮は女の世界なのよ？　なんでそんなにほいほい歩き回れるのよ」

「道長さまは女御さまのご尊父ですから」

解《げ》せぬ、と清少納言がくせっ毛をいじっていると、紫式部が声を潜めた。

「あなた、マズいわよ。先日の祭りの見物で道長さまの心証を害している。これで万が一にもこの件であなたの関係している童が盗みを犯したとなれば、攻め込まれるわよ？」

紫式部の深刻そうな忠告を、清少納言は高らかに笑う。

「ほほほ。少しは道長のえげつなさを読むようになったわね。紫ちゃん、偉い偉い。それとも、あいつは何か言ってた？」

「……もしこれが清少納言に繋がるなら、自分が丸く収めてやる代わりに女御さまのところで勉強させよう、と」

道長はまだ自派へ清少納言を囲う野望を持っているのか。

「紫ちゃんこそ大変ねぇ。おばかな男が徘徊《はいかい》していて。いっそ私のところへ来ちゃえばいいのに」

「……誰が」と視線をそらして低く短く言う。清少納言は軽く目を細めた。

「助手だけでなく、堂々と間者《かんじゃ》になる？　わかる？　間諜《かんちょう》、密偵」

わざと挑発すると、紫式部が応戦とばかりに角を出す。

「なりませんっ。それに堂々とした間者とは矛盾です」

清少納言は胸をなで下ろした。人前であぁも露骨な道長への態度を見せるとは。紫式部、意外に参っているのかしら。だからこんなことを教えてくれたのだろうが、毒舌の応酬でうやむやにしなければ危険だ。

「ま、いいわ。道長、来られるものなら来てみなさい。——返り討ちにしてやる」

「やはりそうなりますのね。まるで暴走する牛車」

立ち上がった清少納言は閉じたままの衵扇を紫式部に突きつけた。

「道長が横やりを入れる前に片づけてやるわ。紫ちゃんは助手としてちゃんとここまでの話を整理しておくこと。いいわね?」

と言って踵を返すと、簀子の向こうの春の闇に清少納言は華やかに踏み出していった。


翌日、清涼殿の局に四人の女たちとひとりの男、さらに童たちが集まった。清少納言、紫式部、典侍、弁の将の四人と橘則光、それにみること竹丸である。

女性たちの真ん中には文机があり、その上にあのえび香が置かれていた。

美しい香りが局にほのかに漂う。

「せ、清少納言」と則光が沈黙に耐えかねた。「なぜ俺はこんなところにいるのだ?」

今日、ほとんど寝耳に水の有り様で呼び出された則光が几帳の向こうから呼びかけてきた。本来なら、女性のほうが顔を見られまいと几帳や御簾を準備したり、袙扇で顔を隠すのが通例なのだが、今回は清少納言が則光を几帳の向こうに押しやったのである。

「だって、そのほうが楽じゃない。女が四人。男は則光ひとり。あんたが几帳の向こうに行ってくれたほうが簡単だもの。無理に隙間から覗こうとしたら、怒るわよ?」

清少納言にとっては至極合理的な考え方なのだが、同性異性問わず、この局で彼女の思考についてこられる者はいなかった。

「まったくひどい扱いだよなぁ」と則光が天を仰げば、竹丸がばつの悪そうな顔で主人を一瞥《いちべつ》する。竹丸は童だから女たちの顔が見えても構わないし、今日のこの集いの主目的の人物だから、几帳には隠れていない。

「あの、紫式部さま? 昨日のお話だと則光さまは法皇さまの乳兄弟なのですよね」

と典侍が紫式部に確認していた。

紫式部は遠回しな答えを遠い目で返す。

「則光さまに関する限り、清少納言の好きにしていいようなのです」

はあ、とわかったようなわからないような返事をして典侍が引き下がった。

「あの、一応、清少納言がすごいことになったら、私が止めるつもりでいますので……」

と、弁の将が小さく手をあげる。

「あなたも大変ね。弁の将どの」と紫式部が気持ちをこめて語りかけた。

「紫式部さまも、毎度ご愁傷さまです」

紫式部が数回、小さく首を振っている。清少納言が軽く睥睨《へいげい》した。

「さて、これで関係者は揃ったから、昨夜の続きをしましょうか」

紫式部と典侍が真剣な表情になる。几帳の向こうの則光がどんな顔をしているかはわからないが、茶化《ちゃか》すような雰囲気はなかった。

清少納言に促されて紫式部が端的に事実だけを説明する。

数日前に典侍の局にあったえび香がなくなったこと。そのえび香は彰子からの白檀を混ぜて作った特別のものであること。なくなったえび香をみるこが持っていたこと。みるこはそのえび香を竹丸からもらったと言っていること――。

淡々と事実を列挙しているだけであるがゆえに、かえって重い。

みるこは昨夜のやりとりを思い出して涙ぐみ、竹丸は真っ青な顔になっていた。

「……以上が現在の状況です」

と紫式部が話をひと区切りつける。竹丸が首を何度も横に振って、

「お、俺じゃないです。俺、局に入って盗んだりしていません。拾ったんです」

涙をこぼしそうなみるこに、誓いを立てるように何度も繰り返していた。

ところが、御簾の中から厳しい声が飛んでくる。

「竹丸！　その言葉、事実であろうな⁉　おまえが盗んだのではないのだな⁉」

「祭りの帰りに、二条大路の向こうの法興院にある山梔子のそばで見つけましたっ」

竹丸がじっと一点を見ていた。どうやら則光と見つめ合っているらしい。

清少納言は立ち上がり、扇で顔も隠さずに几帳の向こうの則光の眼前に歩み寄ろうとする。主人が竹丸を信じないでどうすると、清少納言が一喝しようとしたときだった。

「よし、わかった」と則光が大きな声を上げた。

何事かと清少納言の動きが止まる。竹丸も「則光さま？」と不審げにしていた。

「おまえがそこまでいうなら、この橘則光、信じよう。……って、清少納言、どうした」

「え？　いや、別に」と則光に平手打ちしようと振り上げかけていた右手を引っ込める。

「則光さま……ありがとうございます」と竹丸が平伏していた。

「何。いつもおまえはよくやってくれている。普段の行いの信用があるからな」

ありがとうございます、と繰り返した竹丸の目に涙がにじんでいる。

男の主従にも父子か兄弟のような温かさがあるのだなと、清少納言は美しいものを見た気がした。清少納言は再び衣裳を翻して自分の席に戻る。紫式部がため息をつき、典侍が目をまん丸にしていた。

「典侍さま。もう何度も驚いていているでしょうが、これが清少納言というものです」

と紫式部が耳打ちするのを清少納言は聞き逃さない。

「ちょっと！　人を何だと思っているの⁉」と質問すると紫式部は無言で庭に目を転じた。

仕方がないので清少納言はあらためて一同を見回す。

「典侍さまは、数日前に弘徽殿にある自分の局に置いておいたえび香が誰かによって盗まれたと言っている。竹丸は、このえび香は祭りの日に拾った、盗んでいないと言っている」

はい、と典侍と竹丸が頷く。

「もし、典侍さまの言葉が正しいとしたら、盗っ人《ぬすと》は誰なのか」

「竹丸ではないのですか」と弁の将が我慢できなくなったように口を挟む。

「典侍さまのえび香がなくなった、ということと、竹丸が盗っ人だということは意味が違うわ。えび香を盗んだ者がいたとして、その者がえび香を落とし、竹丸が拾ったなら、典侍さまの証言と竹丸の証言はどちらも正しく成立することになるでしょ？」

と紫式部が説明すると、「あ、そうか」と弁の将が納得した。

清少納言が竹丸に振り返る。

「えび香が典侍さまの局からなくなったのは、数日前。その頃、竹丸は後宮に入った？」

「いいえ。入っていません。則光さまのご用事でも清涼殿まででした」

「まあ、用事もない童が後宮をうろうろしていたら、誰かに必ず呼び止められるでしょうから、本当なのだと思います」と紫式部が同意した。

さらに竹丸が続ける。

「賀茂祭の日は則光さまから一日お休みをもらい、祭りの見物に出かけてました」

「それを証明できる人は誰かいる？　童仲間でもいいわよ」

と清少納言が聞くと、几帳の向こうから則光が声を発した。

「あの日、たしかにおまえに休みはやったが、どうせ祭りを見にいくのだからと、俺と一緒に邸から牛車に乗っていただろう。朝からずっとだったよな。見物場所につくまで」

「それはいつぐらいまでの話なのですか？」と紫式部が口を挟んだ。

「ちょっと牛車を飛ばしていたからはっきりと言えないが、見物場所についたときには女人列が大内裏を出発してしばらくあとだったと思う」

清少納言はしばらく考えてから言った。

「竹丸は――盗みなんてしていないわ」

その清少納言の見立てに、紫式部も同意する。「私もそう思います」

みるこど竹丸が安堵《あんど》の表情になる。「清少納言さま……」とみるこに明るさが戻った。

「どうしてそう言えるのですか」と弁の将が首を傾げる。

「助手の紫ちゃん。教えてあげて」

清少納言の言い方に睨みながらも、紫式部が説明する。

「竹丸は則光さまと一緒の牛車に乗っていました。牛車から降りるのは見物場所についたときで、祭りの花形の女人列が出発した頃だとすると、そこから道を逆に辿って内裏まで行けるとは思えません」

「そうか。そうですね。祭りの見物客が多すぎて、内裏に戻るのは大変な時間がかかりますよね。しかも前日の雨で道が悪かったのを覚えています」

「そもそも則光さまの見物場所は去年は中宮さまが祭り見物された鴨川沿いの場所で、都の区画から離れています。そこから内裏の後宮に入って戻ってくるとなれば、ざっと千五百丈《じょう》（約四・五キロメートル）以上。都の東西を走り抜けるより遠い。竹丸が天狗《てんぐ》でもない限り、遠すぎるのです」

誰からともなく、ほっとした息が漏れた。

「典侍さまの証言通り誰かが盗みに入ったのだとして、竹丸以外となると誰かを特定するのはとても難しい。……典侍さまはこのえび香を、どこに保管されていたのですか？」

と、清少納言に問いを向けられて、典侍が少し動揺している。

「えっと。文机の上に置いておきました」

「普通、えび香は衣裳に匂いをつけるために季節が違う衣裳と共に唐櫃に入れたり、あるいは懐に入れて持ち歩くものですが、そうではなかった？」

「それらの楽しみ方も心得ていますが、女御さまの白檀がとてもすばらしかったので、手元で楽しみたく。けれども、持ち歩いてなくしてはいけないと思いまして」

するると紫式部が不思議そうに典侍を見やった。

「ということは、どこにも持ち出していないのですか」

「内侍司の仕事柄、どうしてもあちこち歩き回らなければいけません。手に荷物を持つことも多いので」

清少納言が軽く手をあげる。

「ちなみに、これも念のためなんだけど、他に盗られた物はあった？」

「ありません。局が荒らされたりもしていません」

典侍がそのように答えると、

「そう。だとしたら竹丸が犯人というのは完全にないわね」

と清少納言があっさり断言する。

「ないですわね」と紫式部がまたしても同意した。

「あの、清少納言さま、紫式部さま。どうしてでしょうか」とみるこが尋ねる。

「竹丸はえび香なんて何か知らなかったと言っているのよ？　他に荒らすことなく、えび香だけを持っていった犯人だったらおかしいでしょ」

「つまり、盗んだとしたら、そのえび香の価値を知っている人間ということになるのよ」

と紫式部が付け加えると、清少納言がうれしそうに笑った。

「よくわかってるじゃない、紫ちゃん！」

「その呼び方、やめてください」

紫式部の抗議を清少納言は無視する。

「とはいえ、後宮の誰か第三者が盗んだというのもないと私は思っているわ。紫ちゃん、助手だからわかるでしょ？」

と清少納言が紫式部を促す。紫式部がやや仏頂面ながら答えた。

「後宮の誰かが盗んだとしたら、このえび香の価値がわかって盗むはずです。自分のものにするか、典侍さまへの嫌がらせのために燃やすなりして処分してしまうでしょう」

紫式部がにやりと笑った。

「その通り。せっかく盗んだのなら、間違っても法興院に捨てたりしない。うっかり落とすようなまぬけも」

「なるほど……」と弁の将が感心している。

「そうですね。――他の内侍司たちを疑うのは、心苦しくて……」

「じゃあ、どなたが……。まさか道長さまとか」

紫式部の答えに、清少納言が笑う。

「いやいや。後宮をうろつくおじさまとはいえ、そこまで疑ったらかわいそうでしょ。紫ちゃん、焦らないで」

「焦ってなんていません。でも、そんな可能性くらいしか……」

きちんと犯人を捜そうとする紫式部の生真面目さに、清少納言は苦笑した。

「典侍さまは犯人捜しをこれ以上してほしくなさそうな顔をしているわね」

典侍が弾《はじ》かれたように顔を上げる。

「ええ。まあ……わざわざ大勢で騒ぐのもどうかと」

と申し訳なさそうな声を出した。清少納言がそんな典侍に尋ねる。

「典侍さまは、えび香をなくしたのは数日前、って話だったけど、私は主として祭りの日に限定して話を聞いている」

「先ほどから不思議に思っていましたが……」典侍の声が小さい。

見て、と言って清少納言はえび香をひっくり返した。それは清少納言が昨日見つけたちょっとした違和感。えび香の布の一部にある白灰色の汚れだった。

「私は、泥汚れだと思うけど、他に濡れた形跡がない。つまり、泥に触れるけれども、雨や水には触れていない。雨が降ったのは祭りの前日の夕方まで。則光は外で作業していたから覚えているでしょ?」

「ああ。例の立て札を立ててたから覚えてるよ。たしかに雨に降られたな。あれ?でも、そのえび香の布地、泥はついていても雨に降られたあとはないんだよな」

「その通り。このえび香は雨が止《や》んでぬかるんでいた泥に落ちた、ということ」

短い雨だったから一晩経って水たまりはほぼなくなり、祭りが終わった翌日の昼にはだいたい乾いていた。やはり泥が付着するのは祭りの日に限られると清少納言が説明する。

「…………」

典侍が沈黙していた。

「とりあえず、これでこのえび香が外にあった時間がだいたいわかったことにはなると思うのよね」と清少納言の猫目が楽しそうに微笑んだ。「ついでに言うと、だいたいどこにあったかも、このえび香は教えてくれている」

えっ、と一同の視線が清少納言に集まる。

清少納言は顔を隠す必要もないのに衵扇を広げた。表情を隠すためだ。

「このえび香には山梔子と藤の花びらが少しついていたわ。いまもその花びらの色が残っている。もしこのえび香が、弘徽殿の典侍さまの局にずっとあったとしたら、どうやってそのふたつの花びらが付着するの?」

「そうだわ」と紫式部が手を打った。「弘徽殿の前には山梔子はない。そもそも山梔子は内裏には植えてないし、藤の花だって藤壺に行かなければお目にかかれない」

「それは——切り花で局に飾っていました」

という典侍の台詞に、みるこが独り言を呟いた。

「藤はともかく山梔子みたいな香りの強い花があったら、えび香が楽しめないのでは」

その言葉に典侍が生唾《なまつば》を飲み下す。清少納言は衵扇の下に微笑みを——ひょっとしたら少しだけ人の悪い微笑みを——隠して、さらに言葉を重ねる。まるで碁で、白石の地を食い散らかす黒石のように。

「みるこの言う通りだと私も思う。となれば、私は典侍さまに問うわ。このえび香に山梔子と藤の花びらがついている状態を、典侍さまはいつどこで見たのですか？」

清少納言は猫のような瞳をまっすぐに典侍に向けた。典侍はその瞳の圧力から逃れるように顔をうつむかせている。

「…………」

再び全員の視線が典侍に集まり——清少納言は衵扇を音高く閉じた。

「答えられないでしょう？」

「——はい」と典侍が認める。

「どういうことなのですか」とみるこ。

「えび香は盗まれてなどいなかった。——典侍が嘘をついていたからよ」

と、清少納言が閉じた衵扇で典侍を指す。典侍の身体が小刻みに震え、息が荒くなる。

「何という……」と紫式部がため息をついた。

清少納言が衵扇を下ろしながら語り始める。

「私の推理はこうよ。典侍。あなたはえび香を普通に使っていた。つまり持ち歩いていたのよ。こんなすてきな香り、持ち歩かない道理はないもの。それを落としてしまった。おそらくは賀茂祭の見所である斎院さまの行列見物のときに。けれども、それを言えなかった。何しろただのえび香ではなく、女御さまからいただいた白檀入りだから」

みなの視線に晒され、狼狽しながら、典侍はついに頷いた。

「清少納言さまのおっしゃる通りです。そのえび香は盗まれたのではなく、落としました」

局の中に安堵とも失望とも言えぬ空気が満ちる。

遠くで管弦の遊びの音が聞こえた。そこに典侍の涙が静かに折り重なる。

「なぜ最初から事情を説明してくれなかったのですか」

と、紫式部が残念そうに語りかけた。泣いている典侍の代わりに、清少納言が答える。

「最初から、典侍は助けを求めてはいたのよ」

「どういう意味？」

清少納言は典侍を冷ややかに見つめながら、紫式部に答えた。

「もし、本当に盗みにあったのだとしたら、上役などに相談すべき。でも、典侍が相談したのは紫式部だった」

「……それが、助けを求めているという意味だったの？」

「道長の乱入でごちゃごちゃしちゃったけどね」

清少納言の指摘に、典侍は涙を拭いながら頷く。

「はい。私も『源氏物語』を愛読していて、紫式部さまの賢さ、思慮深さには常々敬服していたのです。だから、紫式部さまを頼らせていただこうと」

「内侍司に相談できる相手は……いないですよね」

途中まで言いかけて紫式部もため息と共に声の調子を落とした。

「内侍司だってお役所。出世を目指す女たちの思惑が渦巻く世界。誰かの失点を自分の得点に代えようとしている戦場よ。ましてやその失点を道長に知られたりしたら」

「……はい」と典侍がうなだれている。

「道長はこれを奇貨としてまた私の引き抜きを考えてるみたいだったけど、内侍司に貸しを作っておこうともしていたでしょうね。だから私はとにかく早く解決したかった」

げに、すまじきものは宮仕えなのだ。

「どうして竹丸を――」とみるこが声を上げた。

清少納言はみるこに笑顔を見せる。

「典侍は、盗まれたと嘘はついたけど、犯人捜しには非協力的だったわ。特に竹丸の名が出てきてからはなおさら。典侍はえび香が、内侍司の誰にもバレない形で戻ってくればそれでよかったから」

「けど――」

清少納言はみるこに近づくと、その小さな鼻を指先でちょんっとつついた。

「みるこだって竹丸を疑ってしまったのだから、典侍をあまり責めてはいけないわよ？」

「……はい。わかりました」

清少納言はにっこり笑ってみるこの頭を撫でて、

「そういうわけだから、竹丸も許してあげてね」

「は、はい」

清少納言はもう一度典侍に振り返った。

「これで私が解きたい謎の半分は解決したわ」

「半分？」と紫式部が、

「残り――どうして竹丸とみるこは祭りで会えなかったのか、に取りかかるわ。その謎を解く鍵《かぎ》を典侍が握っているかもしれないの」

「どういう意味でしょうか……」と典侍が洟を啜る。

清少納言は典侍の前に腰を下ろした。

「竹丸があのえび香を拾ってくれたおかげで、あなたが法興院近くにえび香を落としてしまったことがはっきりした。では、あの祭りの日、あなたが法興院のそばに行ったとき、何があったのか、教えて」

すると典侍は視線を泳がせ、過去を振り返り始める。

「あの日、二条大路を急いで法興院のそばで、どこかの貴族の牛車がすごい速さでやってきてぶつかりそうになって。そのときえび香を自分の牛車から落としたのだと思います」

そのとき、竹丸が大きな声を上げた。

「あ、そうだ。則光さまの牛車が大急ぎで走って、法興院のところで藤の花をいくつか飾った数台の牛車にぶつかりそうになりました」

「私は慌てました。けれども祭りの最中、私ひとりで牛車から降りて落としたえび香を探しには行けません。女人列の見物が終わるとできる限り早く内裏に戻りました。それから急いで外出用の壺装束に改めると、法興院まで急いだのです。しかし……」

と典侍がうなだれる。

「そのときちょうど、竹丸がえび香を拾ってしまったのではないの？　典侍が、このえび香に山梔子と藤の花びらがついてたと見ることができるのは、このときしかないもの」

と清少納言が指摘すると典侍が頷く。

「清少納言さまのおっしゃる通りです。けれども、まだまだ道には人が大勢いて、その童を呼び止める声もかき消されてしまったのです」

申し訳ございませんでした、と頭を下げる典侍の声が湿っていた。

「ああ、そうだったのか」と則光も思い出したらしく、几帳の向こうから声を上げた。

「法興院のところでぶつかりかけた牛車が、典侍どのの牛車だったのか。まことにすまないことをした。そのせいでえび香を落とされていたとは……」

清少納言が頬を引きつらせながら苦笑いした。

「竹丸がえび香を拾ったから、ひょっとしたら則光自身も関係があるのではないかと思ってはいたけど、こういう関係だったとはねぇ……」

「典侍どの、まことに申し訳――」

「几帳から出てくるなっ」と清少納言が衵扇を投げつけて則光を撃退する。ぎゃっ、という声を残して則光が引っ込んだ。みるこが無言で衵扇を拾って、清少納言に渡す。

「と、とにかく。申し訳なかった」

「何だってそんなに急いでいたの？　きりきり白状なさい」

「――怒らないで聞いてくれるか？」

「事と次第による、とだけ」

則光は几帳の向こうでため息をついて、説明を始めた。

「あー、あの祭りの前夜、方違えが出ていてな」

「そんなこと言っていたわね」

清少納言が据わった目で微笑んでいる。

「そのせいで当日、備前のおもとどのの一家と合流するのが遅れそうになってしまったんだ。それで、何とか備前のおもとどのの一家と合流できたのだけど、実は見物場所は予定していた場所よりも通りから見て少し右側になってしまったんだ」

みるこが呆然と呟いた。「じゃあ、やっぱり竹丸は待ち合わせ場所に来なかったんだ」

すると竹丸が即座に否定した。

「違う！　それを他の大人たちから聞いて、俺はすぐに手紙を書いたんだ」

その答えを聞いて清少納言がにっこり笑った。

「みるこ、いまの則光の言葉でぜんぶ解けたわ。手紙を持ってる？」

はい、とみるこが手紙を出す。

例の、三つの点、牛あるいは川か通り、手と箸らしきもの、が書かれている紙片だった。

「ちゃんと届いているじゃないか！」と竹丸が言うのを、清少納言が落ち着かせる。

「そうね。竹丸の書いた物はちゃんと届いていた。でも、意味が届いていなかったのよ」

「え？」

清少納言がみること竹丸の顔を見ながら宣言する。

「この手紙の意味を解読しましょう」

そう言って清少納言は文箱を取り寄せると、三つの点、牛あるいは川の横にそれぞれ字を書いた。

「ミ」「ギ」。

「ミギ。これが竹丸の書きたかったことね？　予定の場所より右になってしまった、という意味で」

「は、はい」と竹丸が真っ赤になっている。

「全然字が違うじゃない！」とみるこが文句を言う。

「しょうがないだろ。俺、字なんて知らないんだから、見よう見まねで書いたんだから」

「大人に書いてもらえばよかったじゃない」

「それじゃ、俺が書いたかわからないだろ？」

微笑ましい痴話げんかだが、清少納言はもうひとつ確かめることがあった。

「竹丸はミギという字を書いた。でも、字に自信がなかったから伝わらないかもしれないと思ったのね。だから――わかりやすくするように絵を描いた」

そう言って清少納言が、手と箸らしきものの横に、筆を動かした。長めの四本指と短い親指――つまり手の絵だ。そこに二本の棒で、箸。

この絵については、みるこはきちんと読み解けていたことになる。

竹丸が説明した。

「俺、字が書けないし読めないから、自分では片仮名で右って書いたつもりだったけど、全然違ってたらマズいと思って。箸を持つ手のほうだぞって意味で書いたんです」

竹丸の説明を聞いてみるこは、これ以上ないくらいに目を見開いた。清少納言は「いとかわいらしいこと」と呟き、竹丸に答える。

「なるほど。竹丸は賢いわ。しようとしたことは、とても理にかなっている」

「あ、ありがとうございます」

「でもね？　みるこは左利きなのよ？」

清少納言の告げた事実に、竹丸はちょっとついていけなかった。

「左利き、ってことは……」

「みるこ、お箸を持つ手は左なの」

その瞬間、竹丸が呆けたような、情けない表情になった。

「嘘だろ……」

「あたし、嘘つかないもん。竹丸こそ、あたしが左利きだって知らなかったの？」

竹丸はその場でへなへなと崩れた。

「嘘だろぉ……そんなの知らないよ。一緒にごはんなんて食べたことないんだから……」

「竹丸の手紙を見て、字は読めなかったけど箸を持つほうの手だけは読み取ったみるこは、迷わず左へ走った。でも、竹丸が意図していたのは『右に俺はいる』ということだった。わかりやすくしようと絵を描いてしまったことがかえってわからなくなってしまった。これがみること竹丸が賀茂祭の日に会えなかった本当の理由」

と清少納言がまとめると、みること竹丸が無言でお互いの顔を見ている。

「…………」

「みるこも竹丸もどちらも嘘はついていなかったってことよ」

そう言って清少納言が極上の笑みを浮かべた。

涙の止まった典侍が深々と頭を下げる。

「清少納言さま。本当にお騒がせしました……」

「本当よ。でも、おかげでみること竹丸が仲直りできたから、私に関する限りは許してあげる。紫式部、あとは任せるわよ。道長のほうもうまく丸め込んどいて」

紫式部が小さく首を横に振って、一言――。

「みなさん、もう少し落ち着いて、互いにちゃんと話し合いましょう。――私もですが」

典侍とみること竹丸が、しょんぼりと頷いている。

しかし、清少納言のまとめの一言はもっと乱暴だった。

「要するに、方違えでばたばたした則光がぜんぶ悪かったのよ」

「うっ……面目次第もない」

几帳の向こうから実に情けない声が聞こえてくる。清少納言はくせっ毛をくるくるといじりながら、みるこに片方の目をつぶってみせた。

その日の夜。日が暮れてもまるで涼しくならず、昼間のままのような暖かさで眠る気にもなれず、月は運悪く寝待ちの月で手持《てもぶさた》ち無沙汰。

中宮定子が清少納言に「をかしの話」を所望した。

「今回はかくなる話にて……」とえび香の話とみるこたちの話をする。

彰子からの白檀とか典侍と特定されそうなところはうまくごまかした。そのあたりの清少納言の呼吸は定子も心得たもので、気づいているのだろうが何も言わない。

清少納言が一通りの話を終えると、定子は菖蒲《しょうぶ》のようにあでやかな笑みを見せた。

「迷子のえび香とみるこ、どちらもあるべき場所へ収まってよかったですね。今回の謎解きもいとをかし、でした」

「ありがとうございます」

礼をして下がろうとした清少納言を、さらに定子の清楚な声が追ってきた。

「ねえ、清少納言？　いとかわいらしき、いとをかしな話でしたけど……清少納言はこれで本当にめでたしめでたしだと手放しで喜んでいるのかしら」

さすが中宮さま。ほんのわずかな瑕疵《かし》も見逃してはくれない……。清少納言はうれしさのあまりこみ上げる笑いを口元で留めつつ、上目遣いに定子を見つめた。

「今日はすでに月も出る頃にて、明日またあらためてと思っていましたが、お言葉をいただきましたので申し上げます。――あのふたりに字を教えてあげたいと思っています」

「竹丸だけでなく、みるこにも?」

「はい。みるこも簡単な勉強しかまだしていませんし、竹丸と一緒に机を並べるのも、いとをかしなことではないかと」

定子は満足の意を表すように笑っている。

「今回はかわいらしい行き違いでしたが、いつの日にか重大な恋の行き違いになったりしたら、いとあはれですからね」

「左様でございます」

定子は竹丸がみること一緒に字を習うことを嫌がらないかと尋ねた。清少納言が自分で竹丸の気持ちを確認してあると告げると、定子は清少納言の段取りに満足して、

「その手習いには私の使っていた筆や硯を使うとよいでしょう。適度に使われた筆や硯のほうが手に馴染《なじ》むのも早いかもしれませんから」

清少納言は平伏した。

「ありがとうございます。ふたりにもその旨、伝えます」

それは、年下の――ひょっとしたら友だちになっていたかもしれない――女童たちへの、一度だけでも吹かせてみたかった定子のお姉さん風なのかもしれない。

「それとも私も一緒に手習いを受けようかしら」

「ええっ⁉」

「私の手を取って筆運びを教えてくださいね。清少納言先生？」

「中宮さま。それはいけません」本当にいけません……。

「どうして顔を赤らめているのかしら。……ふふ」

東の空にゆるゆると輝く月が昇り始めた。後宮がうっすらと白く照らされる。月は何も言わず、ただ輝いていた。

第五章　幻の向こう、彼方の虹《にじ》

五月になると、文字通り五月雨の季節がやってくる。大抵の人間は長雨の季節はどこか気が塞《ふさ》ぎがちになるのだが、清少納言はそうではなかった。

「ほととぎすがいい声で鳴く頃だわ。ぜひ暇を見つけて、みんなでどこのほととぎすがもっともすてきかを聞き比べに行かない？」と弁の将に持ちかけている。

いまは弁の将とふたりで局の整理をしていたところだった。

「いいお話ですね。ですが、五月雨になるとひどく雨が降りますし、雷が恐ろしく鳴り響くさまはとても生きた心地がしないではありませんか」

「大変な雨のあとは、きれいな虹が出るじゃない」

清少納言には五月雨の雫《しずく》も「いとをかし」なのである。

同時に五月は、一月と九月と並んで三斎月《さんさいがつ》と呼ばれ、鬼神が四方を練り歩きながら人々の善行悪行を、御仏とその教えを護《まも》る四天王たちに報告する月とされていた。善人か悪人かの定期的な確認のようなものである。そのため、出家僧たちはもちろん、清少納言たち在家の者であっても何らかの精進をするものだった。

「五月の御精進はどこのお寺に行きますか」と弁の将が尋ねてくる。

「そうねぇ。『法華経《ほけきょう》』の講話を拝聴したいけど、どのお寺のお坊さまがよいのかしら」

端午の節句の準備をしながら、后たちや自分たちの五月の精進の予定も考えなければいけない。何だかちょこちょこと忙しい日々が続くのが宮仕えというものだった。

少し遠くで壮年の男の声が聞こえる。何やらいらいらしているようだった。

「誰かしら」と弁の将が訝しげな顔をする。

「あの声は藤原道長ね」

清少納言が作業の手を休めず、断定した。弁の将は少し声を潜める。

「また呼び捨てにして」

すると清少納言が真剣な顔になった。

「お祭りが終わってふと思ったの。私、イヤなことをやられたら絶対に倍にしてやり返してやろうと思うんだけど、道長に対しては、こちらが何もやられてなくてもやり返してしまっていいんじゃないかなって」

弁の将ががっくりとうなだれる。

「それはただの乱暴者です」

「だって合わないんだもん」

清少納言はけろりとしていた。先日のえび香の件を電光石火で解決してしまって当てが外れたのか、道長は清少納言に会っても一瞥もくれなくなっていた。

「合う合わないではなく、一定の礼儀を保《たも》つのが人の世のつきあいではありませんか？」

という弁の将の言葉に、清少納言はいい笑顔を見せる。

「弁の将。あなた、私をずっと見てきてまだそんな期待をしていますの？」

ふたりは声を上げて笑った。

道長の声の隙間にほととぎすの鳴き声がする。その声まで道長に押されて窮屈そうに聞こえた。

局の整理をすればごみが出る。

まだ使えそうなものなら再利用できるが、木簡や紙の類となるとそうはいかなかった。特に紙は貴重品のくせに、一度書いたらもう使えないという難点がある。そのため、後宮のいろいろなところから出現したごみ類と共に焼却してしまう。

清少納言たちがごみを持って後宮の北西へ行くと、知り合いの女官が出迎えた。さっぱりとした緑色の衣裳は動きやすい小袿《こうちぎ》である。まだ二十歳にもなっていない。身体を動かすことが好きそうな、健康そうな表情の娘だった。丹波《たんば》と呼ばれている。

「あら、清少納言さま。後宮で屈指の反故とごみの生産者さまのお越しですね」

と丹波が冗談めかして言う。

「今回もたくさん持ってきたわよ。後宮のお掃除を司る掃司《そうし》の丹波が失業しないように」

「あはは。それは有り難いことです」

丹波は軽やかに笑って弁の将の持ってきたごみを受け取り、次に清少納言からも受け取る。五月の日の光に、丹波の額の汗がきらめいていた。

笑い方など、年かさの女房たちからがさつと陰口を叩かれかねない振る舞い方だった。事実、丹波はかつてそのような目に遭ったことがある。「ごみあつめの娘は作法もごみのようにがさつなこと。親の顔が見たいものですね」と。

そのとき、この開豁《かいかつ》な娘の涙を見つけたのが清少納言だった。

「かわいそうな丹波。大丈夫。私が守ってあげる」

その言葉通り、清少納言は丹波の悪口を言っていた女房たちのところへ乗り込んで、完《かん》膚《ぶ》なきまでにやり込めたのだ。

ちなみにどのような方法を取ったか、丹波には教えていない。最初こそ聞きたがったが、「世の中には知らないほうがいいこともあるのよ?」と片方の目をつぶってみせたら、尋ねてこなくなった。以来、丹波は清少納言の熱烈な支持者なのであった。

出されたごみの量を確認しながら丹波が意外そうな顔をする。

「今日は少ないのですね。清少納言さまがお書きの『枕草子』、今回はあまり書き進められなかったのですか」

「そういうわけでもないのだけどね。ほら、今月は丹波たちのお手伝いの当番が私たち登華殿の女房たちではなかったから、あまり迷惑をかけてはいけないし」

「だから今回は少なめなのですか。清少納言さまも殊勝な心がけをなさるのですね」

「丹波……っ」と弁の将が恐ろしいものを見たような顔をしていた。その弁の将の様子を見て、清少納言はおかしくなる。

「いいのよ、別に。丹波はこういう子だし、そのままの丹波が私は好きなのだから」

ねー、と清少納言と丹波が声を合わせた。

「まあ、清少納言がそれでいいなら、いいのですが」と弁の将。

「ふふ。ありがとう。ところで今日のお手伝いの当番はどこ？」

「飛香舎の方々ですね」

「……ほう」

飛香舎と聞いた清少納言が、猫のような目をかすかにすがめる。さらに丹波が清少納言の好きそうな情報をささやいた。

「紫式部さまがいますよ。あの方も、清少納言さまと一緒で後宮屈指の紙とその他のごみの生産者さまでらっしゃるからでしょうか。徽安門《きあんもん》を出て左手のところで、反故類を焼く火の番をされてます」

「なるほど、なるほど」

「結構な量の反故が集まっていましたよ」

「……いいじゃない」

清少納言が鼠を見つけた猫の目になる。

「でも、気をつけてくださいね、清少納言さま。少し前に藤原道長さまがごみはこれでぜんぶかとか私たちに訊いて回っていましたから」

「へぇ。何しに来たのだろう」

「わかりません。ただ、ずいぶん機嫌が悪そうでしたから」

と丹波が口をへの字にしてみせると、清少納言が明るく応じた。

「もっとごみが欲しいなら毎日投げ込んでやるんだけど。――丹波こそ何かイヤな思いはしなかった？」

「大丈夫でした」

「何かあったら言いなさいね。摂関家だろうが何だろうが、私が蹴散《けち》らしてあげるから」

「はい」

聞く人が聞いたら卒倒しそうな言葉である。蹴散らす、はともかく、清少納言の場合はこの言葉尻《ことばじり》をあとであげつらわれても十二分に撃退してしまえるのだ。

「それじゃ、私たちは紫式部に挨拶して帰るわ」

丹波の仕事の邪魔にならないように、清少納言は弁の将と共にその場を去る。

弁の将が首を傾げた。

「清少納言、そちらは弘徽殿です。紫式部さまのいる徽安門の方ではありませんよ？」

「いいの、いいの。……そうだ。このあと、ちょうどみること竹丸の手習いもあるから、ふたりにも来てもらおうかしら」

清少納言が弘徽殿へ向かっていると、風に乗ってたき火の匂いがしてきた。急がなくては。季節外れのたき火を楽しませてもらおう——。


反故類を焼くと簡単に言うが、これがなかなか難しい。

火というものはなかなか燃え上がらないくせに、燃え始めると燃えるものを求めてあちこちに走り出そうとする。その奔放さを抑え込みすぎれば、今度は火のほうが衰え、消えてしまったりする。わがままで扱いにくい。扱いにくいが、この火のおかげで人間はおいしいものも食べられる。だから火に感謝して大切に使わなければいけない。さもなくば火は獰猛《どうもう》な火炎となって内裏だって焼き尽くしてしまうのだ——。

清少納言は、徽安門の左手で反故類を焼いている炎を見つめながら、みること竹丸にそんな話を聞かせていた。

「御仏の教えでは人間を迷わせる心の毒である煩悩を炎にたとえたりするの。言い得て妙よね。愛憎や妄執は、自分の心で燃え始めた炎なのに大きくなって暴れ放題になると、自分自身をその炎で焼き尽くしてしまう。恐ろしいわね」

はい、とみること竹丸が、たき火を見つめながら真面目な顔で頷いている。

ただ、三人ともなぜか棒を持って火に向けていた。

と、そのすぐ側で、頬を引きつらせて頭を抱えている紫式部がひとり。

「せーいーしょーうなーごーん……」

「どうしたの、紫ちゃん。『私、怒ってます』って書いてあるような顔しちゃって」

「そりゃあ、そうでしょう。私、怒ってますから」

清少納言は「はてな?」と少女のように小首を傾げる。

「火の番、疲れちゃった? 代わろっか?」

「結構です!! それよりも何ですか」と紫式部は端整な顔に正義の怒りをほとばしらせながら、清少納言をびしりと指さした。「反故類を焼いている火でお餅《もち》を焼く人なんて初めて見ました!! これも大切な公務の一環。遊びじゃないのですよ!?」

「あ。紫ちゃんも食べる?」と清少納言は長い棒に差して焼いていた餅の焼け具合を確かめながら、尋ねた。「あちち。うん。いい感じだと思う。みるこ、先にお食べなさい」

みること竹丸の持っている棒の先にも餅を差している。清少納言はみるこの棒を受け取り、代わりに焼けた自分の餅をみるこにあげた。焼けた餅を受け取ったみるこが、お手玉をするようにぽんぽん餅を弾ませ、息を吹きかけ、一口食べる。

「おいしいです」

「よかった。食べ物を司る膳司《ぜんし》に掛け合って、残っている餅を分けてもらった甲斐《かい》があったわ。——竹丸のももうすぐよ」

「はい」と竹丸も目を輝かせていた。

「違うでしょ!」と紫式部ひとりがかりかりしている。

ぱちぱちと爆《は》ぜる音が楽しかった。餅の焼けるいい匂いが立ちのぼる。

周囲には掃司の者や飛香舎の紫式部の同僚もいたが、黙々と作業をしていた。巻き込まれてはかなわないという気持ちか、いつもの挨拶だと傍観する気持ちかだろう。

「ごみたちだってさ、こうやって燃やされて灰になるだけじゃかわいそうじゃない。——あ、私のも焼けた」

と、清少納言も焼けた餅に歯を立てた。

紫式部はふと肩を落として、目をそらす。

「ごみはごみよ。焼けて灰になって、消えてしまえばいい」

変に低くなった紫式部の声が気にかかった。餅を噛みながら、清少納言は声の調子を落とす。門の向こうで道長らしき男がいらいらと指示している声が聞こえた。何か捜し物をしているようだ。その場の女房たちのほとんどがはらはらとしていた。そこで悠然としているのは清少納言であり、無表情なのは紫式部だった。

「ま、あんたのことだからいろいろ考えてるんだろうけどさ。——よっと」

突然、清少納言が軽やかに飛び上がった。

たき火から舞い上がった、火のついた紙片を取ったのだ。

このような紙片がどこかに行ってしまって、あらぬところから火が上がってはたまらないからだった。その動きを見ていた年若い女房が慌てて駆け寄ってくる。

「あ、清少納言さま。申し訳ございません」

「気にしないで頂戴。お餅を焼かせてもらったお代として、勝手に火の番をしているだけだから。それよりあなたたちも大変ねぇ。あんな気難しい顔をした人が側にいたら」

「いえ、そのようなことは」と言いつつ若い女房は苦笑していた。

「大きなお世話です、清少納言。あなたみたいなお気楽な顔ばかりしているほうがどうかしているんですわ」

「泣いて暮らすも一生。笑って暮らすも一生。――同じ一生ならみんなで笑っていたほうがいいじゃない?」

清少納言の軽口に、紫式部は少し黙ってから返す。

「……清少納言。それは泣いて暮らしたことがある人の言葉ではなくて?」

また、火が爆ぜた。

紫式部の深読み、嫌いじゃない。

この深読み体質からあの長大な物語が生まれたのだなと思う。

「……そういう気にしすぎなところを直しなさいってこと。――さ、お餅も食べたし、今日の手習いがんばろう」

清少納言は笑顔で手を振り、みるこたちの背中を押すようにして後宮へ戻っていった。


手習いは順調だった。最初こそ、竹丸はみるこの前で格好をつけようと読めもしない文字をごまかそうとしたが、清少納言が「わからないことをわからないと素直に認めて学べるほうが格好いいのよ?」と教えてからは、だいぶ変わってきている。

竹丸は少しずつ文字を読めて書ける喜びを積み重ねてきていた。

みるこはもともと利発で物覚えがよかったから、文字についてもすいすい覚えている。

こういう素直な子供たちの勉強を見ているのは楽しい。

今日の手習いが終わってお餅も食べて、竹丸が帰ろうとするとちょうど女童がやってきて、「橘則光さまがお見えになっています」と告げた。

清少納言は眉をひそめた。

その女童の案内で清涼殿の局までみること竹丸を連れていくと、いつものように朗らかな顔をして則光が待っていた。清少納言が几帳の陰に入ると、さっそく則光が話しかけてくる。

「ああ、清少納言。竹丸に今日も手習いをつけていただき、ありがとう」

「わざわざ童をお迎えに来るとは。竹丸は大切にされていますね」

後半は竹丸に対しての言葉だった。竹丸が恐縮している。

「もうすぐ端午の節句。また母がお礼としてちまきを作ったから、よかったら食べてほしい」

則光が包みを前に差し出した。何となく、礼ということでちまきをいただけるような気がしたのでここまで来たが、勘が当たった。

「これはこれは、再び有り難いものを。感謝して、みんなでいただくわ」

中宮さまへのおみやげにいい品をもらった、と清少納言が思っていると、則光が柄にもないことを話し始める。

「珍しいといえばだな。先日、こんな話を耳に挟んだのだが」

清少納言は訝しんだ。則光は噂話の類にはとんと無縁なのだが。

「近所の犬が子供を産んだとか?」

「違う。おぬしは俺を何だと思っているのだ」と、則光が少し声を落とした。「他言無用だぞ。実はな藤原道長さまの邸に泥棒が入ったらしいんだ」

清少納言は几帳の中で猫のような目をきらりとさせた。

「近年まれに見るおもしろそうな話じゃない。そのお話、もう少し詳しく」

だから今日、道長はご機嫌斜めだったのだろうか。俄然《がぜん》、興味が湧いてくる。

「詳しく話したいのはやまやまなのだが、実のところ俺も又聞《またぎ》きでよくわからない」

「なーんだ」と清少納言が露骨に残念そうな声を出すと、則光が慌てる。

「い、いや。全然知らないわけではないんだ。えーっと、そうだ。道長さまが方違えで邸を離れて別邸にいたときに狙われたらしい。けが人などはいなかったそうだが、道長さまの邸から何か盗まれた物があるとか」

几帳の中の清少納言が無言で笑みを浮かべた。おもしろくなってきた。

「盗まれた物って、何だったのかしら」

すると、則光の声が急に落ち込む。

「いや、そこまではよくわからなくってさ……」

「ふーん。でも、何かしらの物を盗まれたのは本当なのね？」

「それは間違いないらしい」

まあ、普段から噂話を集めているわけでもない則光にしては上出来だろう。

「いい感じにきな臭い話じゃない。それにしても、どうせやるなら火をつけてぜんぶ燃やしてしまえば後腐れなかったろうに。中途半端な盗っ人ねぇ」

「おいおい」と則光が清少納言の不穏当な発言にひやひやしているような顔になった。

「被害に遭ったのが中宮さまのご尊父の道隆さまだったら、私が直接盗っ人を捕まえに行くけど、道長でしょ？　女御さまは嫌いじゃないけど、道長は大っ嫌い」

みること竹丸は結構平気な顔で聞いている。手習いのおかげで、清少納言の発言にも耐性ができてしまったようだ。そばで人の足音がして、則光がまた声を潜めた。

「ところが話はこれで終わらないんだよ」

「何？　犯人があっけなく捕まっちゃったとか？」

則光が首を横に振る。

「その逆だ。道長さまが泥棒の捜査をまったくしようとされないんだそうだ」

だから、道長邸に泥棒が入ったというのは噂の域を脱していないのだ。

「正確には道長さまの家臣が検非違使に届け出ようとしたら、道長さまが止めたんだって」

「同時に箝口令《かんこうれい》を敷いたのね。――則光はぺらぺらとしゃべっているけど」

「――だから他言無用なんだって」

歌のひとつもひねれない則光が、清少納言との会話のために仕入れた話題なのだろう。

「他言無用というなら、じきにみんなが知るってことでしょ？」

則光の嘆息を無視して清少納言は衵扇で口元を隠すと、忙しく視線を空中に走らせた。

やがて、ゆっくりと唇を舌で舐める――。

この謎、いとをかし。

則光と竹丸を見送って後宮に戻ると、周囲の女房たちが心なしか華やいだ表情をしていた。一部の女房は「忙しい、忙しい」と言っているがどこかうれしそうだ。

「みるこ、何かあったのかしら」

「さあ」

登華殿へ戻る途中、丹波が掃除のあとかたづけをしていたので、清少納言は声をかけた。

「丹波。今日はお疲れさま」

「ああ、清少納言さま。こちらこそありがとうございました！」

と、さっぱりとしたいい笑顔で丹波が返事をする。

「後宮の女房たちがどこか楽しげだけど、何かあった？」

すると丹波は、ああ、と頷いて額の汗を拭った。

「ついさっき、紫式部さまが『源氏物語』の最新巻を出したからじゃないですかね」

「へえ。出たんだ」と清少納言が少しおもしろくなさそうな顔をする。

「たしか最新巻の帖名《じょうみょう》は『幻《まぼろし》』って言ったかな。内容は……」

「待った!!」と清少納言が閉じた衵扇を突き出した。「言わないで。自分で読むわ」

「あ、そうでしたね。清少納言さまは紫式部さまとは水と油ですが、『源氏物語』はお好きなんですものね」

と丹波が笑っている。もし同じことを則光が言ったら、衵扇を投げつけられていただろう。そうならないのは、丹波という女官のかわいげのなせる業だった。

「そういうこと。なるほど。待ちに待った最新巻で喜びながらも、写本をする女房たちは忙しくてたまらなくなるわけか」

「今日のごみ出しに、紫式部さまが結構な量のごみをお出しになったのは、『幻』の帖の書き損じなどが交じっていたんでしょうか」

「かもね」

「清少納言さまも文章を書かれますよね。私、清少納言さまの『枕草子』大好きなんですけど、やっぱり文章を書くのって大変なんですよね……?」

丹波が、憧れのような感情のこもった瞳で尋ねる。

「その時々によるかな。気持ちが乗っているときには筆が止まらなくなるけど、そうでもないときには案外苦戦したりするし」

清少納言は丹波に手を振って別れた。局に戻る前に書司のところへ寄り、『源氏物語』「幻」の帖の写本を二部受け取る。清少納言は、『源氏物語』の最新巻が出たら、定子の分と自分の分の写本を真っ先に受け取れるように頼んであるのだった。

何人もの書司の女官たちが一生懸命に写本を作っている……。

『源氏物語』第四十一帖「幻」――。

前帖《ぜんじょう》「御法《みのり》」において、光源氏は最愛の妻である紫《むらさき》の上《うえ》を亡くしていた。

「幻」は、その翌年の春から始まる。

光源氏にとって、紫の上は特別な女性だった。

まだ若紫《わかむらさき》と呼んでいた幼い頃に引き取り、かわいがり、やがて妻とした。

光源氏が数々の浮名を流し、その報いで須磨《すま》に退いたときも、須磨で明石《あかし》の上《うえ》と契りを結んで娘が生まれたときも、紫の上はただ光源氏のみを頼りに待っていてくれた。

後年、栄華を極めた光源氏が正妻たる北の方として迎えたのは、当然、紫の上だった。

紫の上との間に子はできなかったが、若々しく美しい紫の上に、光源氏はずっと頼り切りだった。病《やまい》にかかって死期を悟った紫の上が後世のために出家を懇願しても、比翼連理《ひよくれんり》と頼んだ紫の上にだけは側にいてほしくて、光源氏は彼女の願いを聞き届けなかった。

だが、その紫の上はもういないのだ。

せめて最後に出家したいと言った願いをかなえていたらと後悔しても、もう遅い。

華やかな春の風も、光源氏の心を晴らさない。身近な者たちと紫の上を偲《しの》びつつ、ひっそりと日々を送るしかなかった。

やがて紫の上の一周忌が来る。このとき、紫の上がかねてから準備していた曼荼羅《まんだら》をもって供養を行った。久々に人々の前にあらわれた光源氏は、若き日の華やかさと男盛りの典雅さと壮年の賢明さを併せ持った輝くばかりの姿を示すが、これが「最後」。

紫の上のいないこの世にもはや未練はなく、光源氏は出家の決意を固め、紫の上の手紙も焼いてしまう。

立ち上る煙が、空に消えていく。

現世のすべては煙のように幻なのだと言わんばかりに――。

「幻」を読み終えた清少納言は、しばらく息をするのも忘れていた。神韻縹渺《しんいんひょうびょう》たる読後感に身を委《ゆだ》ねながらも、紫式部自身のことに気持ちが向かってしまう。

おそらくこの次の帖は光源氏の出家と死が描かれるのだろう。

でも――紫式部。あなた、書けるの？　書くつもりなの？

それとも……。

外を見れば上弦の月が山際に沈もうとしていた。

翌日の昼。一通りの仕事が終わると、清少納言は定子に呼び出された。

定子のところへ行くと、定子が人払いをして清少納言とふたりきりになった。滅多にないことである。清少納言はこれから一体何が起こるのかとすでに緊張のあまりくらくらした。

「呼び立ててごめんなさいね」

と定子が微笑む。最近、徐々に定子の微笑みが増えてきたようだ。自分のささやかな努力も定子の微笑みに寄与していたら、とてもうれしいと思う。定子は相変わらずかわいらしい。五月らしくさわやかな萌黄色《もえぎいろ》の小袿でくつろいでいるのもすてきだった。

「と、とんでもないことでございます」

とりあえず水を一杯いただけないでしょうか……と思っていると、定子が唐菓子をひとつくれた。あ、ますます喉が渇く、と思ったが、定子がくれる物はすべて宝である。ありがたく受け取り、一口食べると、定子がまったく予期していなかったことを言った。

「清少納言にお願いがあって」

「はい。何なりと」

「藤原道長さまのお手伝いをしていただきたいの」

「…………はい？」

定子相手に変な声が出てしまう。硬直した清少納言の顔を見てくすりと笑いながら、定子が話を続けた。

「公《おおやけ》にはなっていないそうですが、道長さまのお邸に泥棒が入ったのだそうです」

「はい」と清少納言が相づちを打つと、定子の目つきが少し変わる。

「その様子だと、何か知っていた？」

定子は相変わらず鋭かった。鋭すぎる。清少納言は正直に、

「そのような噂を耳にしました」

すると定子は、それをとがめるのではなく、「耳が早いのね。話が早いわ」とあっさり受け入れた。「道長さまから、私宛に手紙が来て、清少納言に泥棒捜しを手伝ってほしいとご依頼があったのです」

思わず清少納言は間髪入れずに返答してしまう。

「何で私なのでしょう」

「さあ。おそらく私の女房の中でもっとも賢くて美しい女房だからかしら」

美しいはともかく、定子から賢いとか言われて、すごくうれしくなってしまった。

「え、へへ。いや、すみません。そうではなくてですね。私、自分で言うのもおかしいのですが、道長さまへの態度がひどいと思うのですが」

それでもあえて清少納言を指名してくるとは、とうとう道長はご乱心か。

「私もそれは道長さまに聞かないとわかりませんが、少なくとも、私にとってあなたなら安心してお願いできるのはたしかです」

自分が心から敬愛する主に、しっかり評価されて途方もなくうれしい。

「ちなみに、道長さまは何を盗まれたのですか」

と清少納言が尋ねると、定子が眉を垂らした。

「それが、『何かを取られたが、何を取られたかわからない』とおっしゃるのです」

「は？　何ですかそれ。道長さま、ば……おボケになられたのですか？」

危うく「ばかですか」と言いそうになった。どちらも大差ないが。

定子は朗らかに笑って応じた。

「うふふ。たしかにそうですね。でも、手紙にそう書いてあるのですもの。私も頭を悩ませているのです」

定子の頭を悩ませるとは万死に値する。けれども、笑顔にさせたからお慈悲で罪一等を減じてやる。

すでに則光から話を聞いた時点でいとをかしと判定を下しているが、心の半分近くは「道長なら苦しんでおれ」という気持ちがあった。

「でも、道長さまのお手伝い、なのですよね……」

清少納言が自分の思考に没頭しそうになったときだった。定子が清少納言のところへ膝《しっ》行《こう》して近づき、その桃色の可憐な手で、清少納言の手を握りしめる。

「お願い、清少納言。道長さまは藤壺の彰子さまのご尊父。私とまったく無縁な方ではありません。政治的な立場では、私の父や兄とは対立関係にある道長さまですが、こうしてお手紙をくださった以上、無下にはできません。力を貸してください」

清少納言は空気を求めて水面で口をぱくぱくさせる魚のようになりながら答えた。

「わ、わかりました。そこまでおっしゃるなら」

「まあ、ありがとう、清少納言」

定子が手を離した。おかげで頭の回転が元に戻る。

「ただ、ひとつだけ条件があります」

「何かしら」

「私ひとりでは心もとないので、助手が欲しいのです」

と、清少納言は定子にある人物の名を告げた。


藤原道長の邸は都の北東の端、土御門《つちみかど》大路の南、東京極《ひがしきょうごく》大路の西に面している。もとは一町だったが拡充されて二町を占める大邸宅となった。通りの名から、土御門殿《つちみかどどの》とか京極殿《きょうごくどの》と呼ばれる。

内裏もかくやと言うほどの豪奢な邸だった。最新の寝殿造りの可能性を極限まで追求し、同時に種々の緑や大きな池を用意することで敷地内《しきちない》に緩急をつけている。

「すごいお邸があったものねぇ」と清少納言が牛車の中で呆れたような声を出す。

牛車の随行をしていた馬が近寄ってくる。

「おい、清少納言。何で俺まで一緒に行かなければいけないんだ」

内裏を出てから三度目になる嘆きの声を上げているのは則光だった。

「だって、私に最初に噂話を持ちかけてきたのはあなたでしょ？　何かあったときにあなたの知っている噂との整合性をつけたいし」

「知ってることはもう話したって」

「じゃあ道長に『こいつ、噂を流してましたよ』って売るわ」

則光が観念した顔で引き下がる。土御門殿の敷地でもはや逃げるわけにはいかなかった。

広大な敷地を進めばほととぎすが鳴いていた。清少納言が寝殿の車寄せに牛車を止めると、すぐに出迎えの女房が現れた。

やや淡い浅黄色の唐衣を纏った紫式部である。

「出迎え、ありがとう。助手」と牛車から降りた清少納言が、紫式部に手を振った。

だが、紫式部は袙扇で口元を隠していても明らかにわかるくらいの、親の仇《かたき》でも出迎えたような表情である。

「ありがとう、ではありません。あなた、一体どういうつもりなのですか」

「どういうって、それはあんたの主のお父さんに訊いてよ。私だってどうして道長の泥棒捜しにつきあわなければいけないのかわからないんだから」

「そうではありません」と紫式部はそこで一息ついて声の調子を落とした。「どうして中宮さまから直々に私があなたの助手になるように依頼が来たのですか」

則光が、どういうことかと清少納言を振り返った。

「いままで一緒に謎を解いてきたのだから、当然でしょ？　えび香のときは冴《さ》えてたし」

「いつもあなたに散々振り回されてきただけです」

後宮で清少納言の頭の回転の早さについてこられる女房は、彼女しかいない。もっともそんなことは面と向かっては言わないつもりだし、今回はそれだけではない理由もあった。

「もともとこんな話、私だって受けたくなかったのよ？　中宮さまの命だから、血の涙を流す思いで引き受けたの。とはいえ、私は中宮さまの女房で、道長さまは女御さまのご尊父。しきたりも立ち居振る舞いもまるで違っているかもしれないでしょ？　そこに私をひとりで乗り込ませるのはかわいそうだと、中宮さまがご配慮くださったの」

自分の発案とは言わない。定子の意志だと匂わせれば真面目な彼女は文句は言うまい。

はたして、紫式部はため息ひとつでこの件を納得した。

「あなたがしきたりや立ち居振る舞いを気にされるとはこれっぽっちも思えませんが。そういう事情でしたら、わかりました」

「ほほほ。ぶすっとされた紫式部――いとをかし」

「何とでもおっしゃい」

まだ苦悶《くもん》の表情の抜けきっていない紫式部に、清少納言がさらりと付け加える。

「『幻』、読んだわよ」

「え？　本当に？」

「嘘なんてつかないわよ」

紫式部が不意に清少納言の衣裳の端を摑んだ。

「それで――どうだった？」

紫式部がうつむき気味に尋ねる。清少納言はくせっ毛を指でくるくるしながら、

「よかったわよ」

すると紫式部はその言葉を味わうようにしばらく沈黙して、「よかった」と呟いた。

紫式部に先導させるというなかなか希有《けう》な体験をしながら寝殿の母屋に入る。

「清少納言どの、橘則光どの、おつきでございます」

と紫式部が呼ばわった。今回、道長が指名したのは清少納言のほうだからあえて先に名を呼んだらしい。紫式部が簀子から礼をすると、中から「入れ」という男の声がした。道長だ。祖扇を使いつつ、清少納言も礼をして中に膝行した。その後ろに紫式部が続く。

豪華な母屋だ、と清少納言はあらためて感心した。

漆塗りの調度品の数々は金や螺鈿《らでん》などの丁寧な細工が施され、それらがさりげなく、かつまんべんなく置かれている。円座《わろうだ》や畳の青さと匂いが心地よい。並べられている几帳の布の図柄《ずがら》は古風でありながらどこか新しかった。同様に屛風の絵も、絵具をふんだんに使いながらも彩色を薄くして嫌みなく抑えているのは、憎らしいほどの気遣いだ。

ところが、である。

それらの絢爛たるしつらえをまったく台無しにしてしまいそうな人物がいた。

藤原道長本人である。

右膝《みぎひざ》を立てて脇息にもたれながら、檜扇を左手でもてあそび、右手は親指の爪《つめ》を噛んでいた。態度だけではない。問題は顔だ。不機嫌を絵に描いたような表情だった。

清少納言と目を合わせようともせず、清少納言の後方を見ている。

清少納言は内心おかしくてたまらなかったが、則光はすでに気圧されて平伏していた。

「藤原道長さまにはご機嫌うるわしく――」

という則光の挨拶を途中で道長が遮《さえぎ》る。

「ふん。どこに盗っ人に物を盗られて『ご機嫌うるわしく』している輩《やから》がいるのかね。いたら連れてきてもらいたいものだ」

則光が清少納言に目配せする。助けを求めていた。ならば、最初から黙っておれ。

清少納言がわずかに前ににじり出た。

「これなるばかが妙なことを申しましたのは水に流してくださいませ。道長さまにおかれましては、泥棒に何かを奪われたとのこと。その御傷心いかばかりか。心中お察し申し上げます。ですが、この清少納言が参りましたからには、どうぞご安心ください」

「そうかね？」

相変わらず不機嫌な顔をしている道長。呼んでおいて清少納言には目もくれない。

「もちろんですわ。必ずや盗っ人の正体を暴き、追い詰め、二度と再びこのような暴挙を働けないようにさせてご覧に入れましょう」

「はは。頼もしいな」

衵扇から覗く清少納言の猫のような目がきらりと光った。

「何でも聞くところによると盗まれた物が不明だとか」

「うむ。それが悩ましいところでな」

年かな、と諧謔《かいぎゃく》を飛ばそうとした道長を清少納言が封じる。

「いっそのこと、このお邸ぜんぶを投げ捨てて出家してしまえばよろしいのに。執着がなくなって悟りが開けましょう。ほほほ」

清少納言が高らかに笑うと、則光はおろか、紫式部までも真っ青になってしまった。

「せ、清少納言っ。あなた、何を言っているのっ」

紫式部が慌てて叱責する。道長はといえば、あえて笑い飛ばしてみせた。

「ははは。まだ俗世でやらねばならぬことがあってな。女の身ではわからぬだろうが」

「二言目には『女、女』とおっしゃいますが、そんなに女であることが気になりますか」

「ふふ。以前も似たような議論になったので、私なりにいろいろ考えてみた。結果として、役割の違いではないかというところで落ち着いているよ。まあ、現実に政を行っているのは男ばかりだしね。別に差別しているわけではない」

道長が大しておもしろくもなさそうに口髭《くちひげ》をいじっている。

「役割の違いというのは賛成。けど男だからと、女より有利に扱われるなら反対。内裏には才能があり、教養があり、知恵のある女は男より多いかもしれないですわよ？」

「ははは。女の才能は認めるが、やはり歌や管弦などで競ってもらいたいものだね」

「それって、女の活躍の範囲を道長さまがお決めになるってこと？　ごーまーん」

道長は相変わらず不機嫌な顔のままだ。

「一体何が言いたいのだ？」

「要するに――男と女を比べるのがそもそも不毛だけど、そんなに男のほうが立派なら、盗っ人のことも、何で私よりも男の誰かに頼まなかったのかなーって思って」

道長の目から光が消えた。外からぬるい風が吹いてくる。

「男どもは信用ならんからな。男同士は敵と味方にすぐ分かれるし、味方かと思ったら敵になるものなんだよ」

「いとあはれ。地位や名誉で敵味方の争いを続けるのに、どれほど意味があるのかしら」

「だが、そのおかげでおまえたちは枕を高くして眠っているんだぞ」

「そういえばいつぞやの図書寮での枕はどうなさったのかしら」

と清少納言が小声で呟くと、道長が真っ赤になった。

「………ッ」

清少納言は袙扇の下の口元をほころばせる。

「ばかねえ。自分の言うことを聞かない人がいるから、この世の中は楽しいんじゃない」

「何か言ったか？」

「いいえ？　ところで、先ほどあなたさまは、男どもは信用ならんとおっしゃいましたが、女のことはどれほど信用されているのかしら」

「どういう意味かね？」

「浅はかな女房の独り言です。ひょっとしたら信用なんかしていなくて、自分の言うことを聞くように押さえつけた相手のことを、信用できると思ってるんじゃないかなーって。たとえば、えび香の盗っ人が知り合いのような女房なら自分が教育し直そうと思ったり」

「………っ」

道長が再び不機嫌な顔になった。紫式部は無言だ。関わりたくないのか、それとも。

清少納言は形ばかり平伏して非礼を詫びる。

「申し訳ございません。このような広いお邸が初めてで、私、舞い上がってしまいました」

それだけ言い切ってしまうと、清少納言はするりと立ち上がった。

「清少納言？」と紫式部がやっと声をかける。

「これからお邸の中を調べます。盗っ人捜しですもの、当然ですわよね」

「わかった。私の居間へ案内しよう」と道長が重い腰を上げた。

だが、清少納言は真顔で言い切る。

「道長さまの居間だけでは足りません。お邸全体を見せていただきます」

いい加減、道長も清少納言を呼んだことを後悔し始めているかもしれなかった。けれども、ここで追い返すわけにもいかない。

「好きにしろ」

この投げやりな言葉が、道長にとって本日最大の失策だった。

もし紫式部に意見を求めていたら、「清少納言は『好きにしろ』なんて言ったら、本当に好きにしますのでやめてください」と止めたかもしれない。

清少納言は、好きにし始めた。

まず人払いをさせる。母屋から道長や則光など男を追い出した。衵扇で顔を隠しながらでは探索ができないせいである。

「あとで壊したとか盗んだとか言われないように、紫ちゃん、ちゃんと見ててよ」

「わかってます」

そう言ったのだから丁寧に扱えばいいのだが、清少納言は割と荒々しくしつらえを引っかき回していった。唐櫃の中を改めるのは言わずもがな、几帳を外し、屏風の裏を覗き、畳をひっくり返す。紫式部が卒倒しそうになっていた。

ないわね、と呟き、散らかしたままで次に向かったのは道長の居間だ。

「何だ、何だ」と母屋を追い出された道長が目をむいた。

「あ、母屋終わりましたので、戻って結構です」

道長の居間でも清少納言の探索という名の家捜《やさが》しは続く。私室である分、細々したものが多かったので、微に入り細に入り覗いた。文箱の中はひとつひとつあらため、文机や脇息をひっくり返して確認する。

「清少納言?」と紫式部が声をかけるが、清少納言は止まらない。

いみじくもいつか紫式部が言った通り、暴走する牛車のようだった。

さらに北廂《きたびさし》、塗籠《ぬりごめ》、東の対《たい》、西の対が餌食《えじき》となり、野分が通り過ぎたようになる。同行している紫式部のほうが倒れそうだった。

「特におかしなところはないわねぇ」

清少納言が舌打ちする。敷地の東に隣接して邸が別にあるが、そちらは道長の土御門殿ではないようなので、新しい犠牲を求めて清少納言は足を早めた。随身所《ずいじんどころ》や女房たちの局まで、覗きに覗き、漁《あさ》りに漁り、ひっくり返しにひっくり返した。やりたい放題である。

「きったない字ね」

「もう少しまともな写本はないのかしら」

「この房、くさい。男しか使わない場所だからと掃除の手を抜いているんじゃないの？」

ある房に入ろうとしたときに、慌てて道長の家臣に止められた。

「申し訳ございません。こちらは当家の宝物《ほうもつ》がありますので」

「ふーん」と言いつつ、清少納言は帰る振りをして入ろうと試みる。

「ここはご容赦ください」

「わかったわよ」

ただし、鍵がかかっているところは一通りがちゃがちゃといじり回していた。

「ふん。一応、それなりに管理はしているみたいね」

「せ、清少納言。もういいでしょ」

「まだ見てないところがある。則光」

そう言って則光を呼び寄せると、清少納言は外の植木と池の中と軒下を指さした。

結局、手を出さなかったのは道長の妻のいる北の対のみ。しかし、はかばかしい成果も発見もなかった。

「もう気が済んだかね？　さ、今日のところはお帰りいただこうか」

「あら。まだ謎も解いていませんのに」と清少納言がわざとらしく頬に手をあてる。

道長、さすがに怒っていた。明日だ、と大声を発する。

「これだけやりたい放題やってくれたのだから、さぞ真相に近づいただろう。明日だ。明日中には盗っ人を捕まえてみせろ。それができなければ——わかっているな⁉」

清少納言たちは土御門殿から追い出された。


ごとごとと揺れる牛車の中で、清少納言はすっきりした顔で外を眺めている。

「あー、いとをかし、いとをかし。土御門殿をこんなに満喫できるとは思わなかった」

その向かいでは内裏まで同乗することにした紫式部が額を押さえていた。

「あなた、真面目に調べる気があったのですか」

「もちろん」と清少納言が言い、思い出したように付け加えた。「あんたこそ、助手なのにずっと黙ってるばっかりで、真面目に調べる気はあったの？」

「……清少納言の傍若無人さに唖然としていただけです」

そう、と鼻であしらって、清少納言は話題を変える。

「そういえば、土御門殿の東側のところに隣接していた邸、あれって……」

「私の邸よ。昔は正親町小路《おおぎまちこうじ》のほうにいたけどね」

と紫式部がただ事実だけを口にした。

「なるほど。『源氏物語』の作者として、上げ膳据え膳《ぜんす》で道長が女御さまの女房にと招いたというのは本当だったのね」

「……図書寮で道長さまの陰にこそこそと隠れていたのも当然でしょ？」

紫式部が突然自嘲《じちょう》的《てき》にそんなことを言ったので、清少納言は苦笑を返す。

牛車が大きく揺れた。外をちらりと見れば、なぜか則光がうなだれ気味で馬に乗って手綱を握っている。薄暗い牛車の中で、紫式部は不思議と美しかった。それは定子のような可憐さではないけれども、人間として大切な美しさを持っていると思った。

「あの邸で『源氏物語』を書いているの？」

その問いに、紫式部は顔を上げる。

「ううん。書いてない。藤壺で書いてる。毎日忙しくて、なかなか邸に戻れないし」

「紫ちゃんは女御さまのお気に入りだもんね」

「ふふ。それを言ったらあなただって中宮さまのお気に入りでしょ？」と少しだけ笑って、紫式部が続ける。「あの邸では一時期書いていたけど、知らない誰かに原稿を盗まれたりしたものだから。まあそれは別にいいのだけど」

「穏やかじゃないわね」

「何度かあったわ。いまでも犯人はわからないし、もういいの。むしろ、忘れさせて。女御さまからきちんとお達しを出してもらって、物語を書くための局をもらってるから」

「ふーん」

大路の音を拾いながら牛車が進んでいった。ひとりのときなら、清少納言は目を閉じてごとごとという牛車の車輪の向こうに浮かんでは消える大路の人々の息づかいを楽しみながら時間を過ごす。

しかし、いまは少し違っていた。

車輪は回る。回り続ける。同じように回転しながら違う場所を走っていく。時の循環、転生輪廻《りんね》のようなその動きの向こうに、紫式部と『源氏物語』を置いて眺めている。

「清少納言。あなたは今日の土御門殿での調査で何かわかったの？」

紫式部の声で清少納言の思考が現実に呼び戻された。

しかし、清少納言はそんなことを少しも見せずに、にっこり笑う。

「ええ。よぉくわかったわよ」

「……本当？　もし明日犯人を特定できなかったら、道長さまのことだから、まだあなたへの執心が残っているかもしれないし、中宮さまにもどんなご迷惑をおかけするか……」

薄暗い牛車の中、そのように心配する紫式部の表情はよく見えなかった。

「私はともかく、中宮さまには指一本触れさせない」と言って清少納言は牛車に深く背を預けた。「……私は好きよ。この謎――いとをかしだもの」

紫式部は黙っている。別の牛車とすれ違う音がした。


翌日、清少納言たちはあらためて道長の邸へ案内された。

「明日は端午の節句だというのに、道長は暇なのかしら」

と清少納言が言うと、今日は内裏から牛車に同乗してきた紫式部が額を押さえる。

「どうしてこうなったと思っているのですか」

「もちろん。念願の返り討ちができるのよね」

昨日と同じく寝殿の車寄せで牛車を降り、母屋に案内された。

清少納言たちの顔を見ると、道長はまたしてもうんざりしたような顔になる。

「昨日のような真似は今日はなしだぞ」と道長が釘《くぎ》を刺す。

清少納言がにやりとする。

「そうは言っても、盗まれた物もわからないのに犯人を捕まえろなんていう無茶な要求のほうが、どうかと思いますわ」

「清少納言……！」と紫式部が清少納言の衣裳の裾を引っ張った。

「くく。さすがの清少納言もお手上げか」

清少納言の皮肉を無視して道長が言うと、さらに清少納言はその反応を無視し返した。

「おかげさまで盗っ人はわかりましたわ。ほほほ」

清少納言が高笑いする。その答えに、道長の目が挑戦的に光った。

「ほう。あれで盗っ人の正体がわかったと申すか」

はい、と頷いて清少納言がすらりと立ち上がる。

「ただ犯人をお教えしても芸がありませんから、せっかくなので私が何を見つけたかも説明して差し上げますわ」

慇懃《いんぎん》に言葉を重ねる清少納言に、道長が苦笑を見せた。

「くく。では聞かせてもらおうかな」

ええ、もちろんですわ、と清少納言が微笑みを絶やさず、くるりと身を翻し、後ろに控えていた紫式部と則光に目を向ける。

母屋がしんとなった。

「そもそも私を呼ぶことになった、この土御門殿から盗まれた物について。これはきっと世間一般で言うところの財宝や宝物の類ではない」

「そのようなところは、鍵がちゃんとかかってましたからね」と紫式部が目を細めた。

「私が思うに、盗まれた物は宝物どころかしつらえの類ですらなく、ごく些細《ささい》な物だった。些細だけど——とても大切な物だった。簡単に言えば、その価値がわかる人にとっては、とんでもない値打ちを持っている物とでもしておこうかしら」

清少納言が道長の表情を確かめるが、道長は無表情になっていた。

「あの、そもそもなのですが」と紫式部が口を挟む。

「何かしら」

「なぜ検非違使ではなくて女房を、それも清少納言なんて危険人物を呼んだのですか」

清少納言の頬が引きつった。

「それは俺も思った。道長さまは将来のある身なのに、清少納言の総攻撃を受けたらどうなってしまわれ——ぐふっ」

と則光が倒れる。清少納言が全力で衣裳を翻して裾をぶつけたのだ。

「下手をすると他の貴族が、道長さまの素質を危ぶむほどの悪手だったように思えてならないのですが」と紫式部が珍しく毒舌を振るう。相手は清少納言に向けているつもりなのか、道長ごと真っ二つにしようとしているのか。

清少納言は猫のようにつり上がった目をきらりと光らせる。

「なかなか言ってくれるじゃない、紫式部。でも、そこが実は最大の手がかりなのよ。ね、道長さま？」

「……続けなさい」と道長がつまらなそうに言った。

わざとらしい、と清少納言は小さく肩をすくめる。

「じゃあ、続けるわね。――道長さまは盗まれた物がどうしても惜しかった。惜しくて惜しくてじたばたして……噂が流れてしまった」

「――ふん」と道長が鼻を鳴らした。

「この時点で十分将来に傷がついてしまったかもしれないけど、一発逆転を狙って私を名指しで謎解き役に指名した」

「おぬしの優秀さは、いろいろと宮中で耳にするのでね」と道長が身体を揺らしている。

「それはそれは。私、優秀なので」と悪びれず清少納言は一礼すると、「けれどもすでにここにおかしなところがいくつもあるのよ」

「おかしなところだと？　何を言っているのだ」

「まず、なぜ中宮さまを経由して私のところへ話が来たのかしら。私はたしかに優秀だけど、道長さまの娘である藤壺女御さまのところにも優秀な女房がいるじゃないの。ねえ、紫式部」

さらっと再度自分を持ち上げたあと、清少納言は紫式部の名を呼んだ。

「どうして、私がそこで出てくるの？」

「だって、紫ちゃんは優秀だもの。普通に考えれば、優秀な女房の力を借りたいなら、紫ちゃんで十分」

しかし、道長はそうしなかった。それはなぜなのか。

「たしかに、おかしい……」と則光が頷く。

「紫ちゃんがダメなら、私なら弘徽殿の内侍司たちの優秀な女官に相談するわ。なぜなら、道長さまと中宮さまは政治的に微妙な関係。そんな相手に、いくら内密にとは言え、盗みに入られましたと自分の弱みを明かして、私を貸せと頼む。よほどのことでしょう」

もちろん、道長の心情として、男に弱みを握られるのは困るが、女なら何とでも言うことを聞かせられるという思いがある予感はあった。なめられたものだ、と清少納言は冷ややかな目で道長を見つめる。その分、これから徹底的に暴いてやろう――。

「仮に内侍司たちに話を持っていったとしても何もおかしくなかったでしょうに。彼女たちは後宮の勢力争いでは中宮派でも女御派でもないのですから」

と紫式部が首を傾げた。ほととぎすの鳴き声が聞こえる。

「そう中立。中立と言えば聞こえがいいけど、誰の耳にも情報が入る可能性があるということ。当然、女御さまにもね。だから、道長さまが中宮さまを相談相手に選んだ、というより、中宮さま以外に話の持っていきようのない相談だった、というべきなのよ」

「…………」道長の表情が険しく見える。

「そんなややこしいことをした理由はひとつ」と清少納言はくせっ毛をくるくるやりなが

ら言い切った。「女御さまには聞かせられない理由があったからよ」

「……ちっ」と道長が舌打ちする。

その表情を静かに見守りながら、清少納言は次の説明に移った。

「昨日、紫式部と私が来たとき――ああ、則光もいたけど――ほとんど最初から最後まで見事なほどに道長さまは不機嫌であられましたわね」とわざとらしく言う。

「それがどうしたというのかね。人間、不機嫌なときもあろう」

道長の言い方に清少納言は袙扇の下でにやりとした。

「そんなわけはないのよ。たしかに道長さまと私はそりが合わない。だけど、自分の都合で呼んだ相手なのよ？　しかも中宮さまのお手を煩わせてまで」

そんな清少納言に不機嫌な対応をし続ければ、中宮の顔にまで泥を塗るだろう。

「それは悪かった。いまここで謝罪しよう」

と道長が頭を申し訳程度に下げた。清少納言は笑う。

「別に謝ってほしいために言ったのではございませんことよ？　道長さまが昨日、私たちが来たときに愛想笑いのひとつも出さなかった理由を指摘したいだけ」

道長の顔が怒りを帯びた。則光が口を挟む。

「てっきり俺が嫌われているのかと思って生きた心地がしなかったんだけど」

自意識過剰、と一言で片づけると、肩をすくめた。

「でも今回に限って言えば、私も自意識過剰だったかもね。何しろ道長さまは私の顔だってまともに見ていなかった」

「…………っ」

道長の顔が怒りの赤を超えてどす黒くなった。

「道長さまが見ていたのは私の後ろ。そこにいたのは誰か」と言って清少納言は腰を下ろして後ろを振り返る。紫式部が身を固くしていた。「昨日も私の後ろには紫式部がいたのよ。——道長さまにとって、この紫式部が、邪魔だったのでしょ？」

清少納言の指摘に、道長は吹き出す。

「ふっ。何を言い出すかと思えば。なぜ私が紫式部の同席に機嫌を損ねなければいけないのだ」

その答えにも、すでに清少納言は辿り着いていた。

大胆にも清少納言は衵扇を閉じる。

「清少納言。あなた、何を——」と紫式部が目を見開いた。

則光も、さすがの道長も目を見張っている。

清少納言は紫式部に微笑みかけると、表情をあらためて道長に向き直った。

ここから、本当の本気で行く。

素顔を晒し、猫のような目だけでなく、表情すべてで道長の罪を糾弾しにかかるのだ。

清少納言は閉じた衵扇で道長を指し、言い切る。

「それは、道長さまが盗まれた物が紫式部がいては探すに探せない物だったから」

え、と則光が驚愕し、紫式部が奥歯を噛みしめた。道長の唇がわなないている。

「それは、一体何だ」

則光の問いかけに、清少納言はこれまでの話を振り返る。

「ここまで話したでしょ。些細かもしれないけど、とても大切な物。価値がわかる人にとっては、とんでもない値打ちを持っている物。どうしても取り返さないといけない物。紫式部が同席していては探すに探せない物――」

紫式部の目尻に透明な液体がたまっていた。

清少納言はその涙をちらりと見て、あらためて道長に真実を突きつける。

道長が盗まれた物、それは紫式部が執筆していた『源氏物語』の未発表原稿である、と。


紫式部がとうとう涙をこぼした。

「清少納言。いつからそれに気づいていたの?」

「私だって物書きなんだから、このくらいのことは最初から気づいていたわよ」

「最初からって……」と紫式部が洟を啜る。

則光が小さく手を叩いた。「そうか。だからか。被害に遭ったのが紫式部どのから盗んだ物だったから、道長さまは検非違使には調べさせなかったのか」

清少納言が片方の目をつぶる。

「そういうこと。盗難を怖《おそ》れて紫式部は後宮で原稿を書いていたのに。道長が後宮をうろついてたのは女御さまに会うだけではなくて原稿が気になっていたからじゃないの？」

則光が声にならない声を発し、紫式部が長い髪を垂らしてうなだれた。道長が真っ赤な顔で清少納言を指さす。

「でたらめを申すな！　証拠はあるのか！」

清少納言は猛然と睨み返した。

「紫式部は言っていたわ。土御門殿に隣接する自分の邸で執筆しないのは、以前一度ならず原稿を盗まれたから。誰かわからない、犯人は見つかっていないけど、もういいと紫式部があきらめようとするのですぐにわかった。紫式部は犯人をかばっている、とね」

「何だと……」

「私たち物書きが、命を削って書いた文章を奪われてもかばうほどの人。それほどの恩人は、私なら中宮さま。紫式部なら女御さまか、道長——悔しいけど自分の才能を世に羽ばたかせてくれた——あんたなのよ」

「……くっ」と道長が横を向き、爪を噛む。自白に等しかった。

清少納言は続ける。

「人払いでもしたのか、たまたま誰もいなかったかはわからないけど、とにかく道長は盗み出したのよ。その原稿がなくなった。もともと自分が盗んだせいで誰かに盗まれてもおおっぴらにできない。けれども、どうしても惜しい。それに紫式部の正式な発刊前によそから続きが出てはマズい」

「それってマズいのか」と則光が疑問を呈《てい》した。

「当たり前でしょ。紫式部がなぜ女御さまに仕えるようになったと思ってるの？　道長が『源氏物語』作者の紫式部を女御さまの女房にしたのは、『源氏物語』の続きは私の娘のところでもっとも早く読めますよと、主上を女御さまのところへ足繁く通わせるためなのだから」

主上もまた『源氏物語』が好きなのだ。だからこそ、賛否両論を招いた『源氏物語』を読んで、主上から作者は日本紀をよく学んでいると言われ、宮中で日本紀の御局とあだ名をつけられたのだ。

「そうか。主上の信頼を失ってしまわぬよう、どうしても取り返す必要があったのか」

もし『源氏物語』の続きがよそから先に出れば、噂でとどまっていた盗難が白日の下に晒されるだけではなく、道長の監督不行き届きも指摘されかねない。

「だから道長は何とかならないかと、中宮さまに泣きついたのよ」

「泣きついてなどおらぬわ」と道長が腰を浮かせて言い返した。

間髪入れず清少納言が大声で言う。

「じゃあ、それ以外のところは認めるのね⁉」

「…………ッ」

道長が眼《め》が飛び出んばかりに清少納言を睨みつけていた。道長の息が荒くなっている。

清少納言が無言で見つめ返していると、とうとう道長がどっと脇息にもたれかかった。

「……これが真相だったのか。いや、肝心の、道長さまからその原稿を盗んだ盗っ人がまだ見つかっていないじゃないか」と則光が指摘する。

「そうだ。私の肝心の依頼が解決しておらぬではないか」

道長がやけくそ気味に言うが、清少納言は冷静だった。

「そう。まだ私は半分も話していない」

清少納言が小さく唇を噛む。その目が珍しく彷徨《さまよ》った。

それは誰なんだ、と男どもが急かす。事情を知らぬ男どもの無神経に唇が震えた。

数回、辺りを見回しながら息を整える。

清少納言は紫式部の腕にそっと触れた。

「その未発表原稿をこの土御門殿から盗み出したのは——紫式部。あなたね？」

彼女が長い黒髪を垂らしたまま、顔を上げる。

「やっぱり、気づいていたのね」

清少納言はほろ苦い笑みを浮かべた。

「ふふ。何度一緒に謎を解いたと思ってるの。あんたは私の、相棒なんだから」

紫式部もかすかに頬を緩《ゆる》める。

「どうして、そうなるんだ」と則光が目を丸くした。

半ば紫式部に確認する口調で、清少納言が続ける。

「道長は至極こっそりと原稿を盗んでいるはず。いくらなんでも摂関家の一員で女御の父、将来は摂政を狙う男が、後宮で盗みを働いたら出世競争から脱落だものね」

「魔が差したんだ」と道長が唇を突き出すようにした。

「何とでもお言い。もうみんなバレたんだから。——こっそり盗まれた原稿を、そのつらさを、紫式部は誰にも言わなかった。女御さまにも、もちろん私にも。となれば、紫式部の原稿の存在を知っているのは、紫式部自身と犯人以外にはいない」

「たしかに」と則光。

「たぶん紫式部はそんな狼藉者《ろうぜきもの》は、道長しかいないと最初から気づいてた。でも、黙っていた。ただ、邸で原稿を見つけ、奪い返した」

清少納言の言葉を聞きながら、紫式部は袙扇を取り落として両眼から涙を流しながらも、まっすぐ顔を上げていた。まるで理不尽な運命に立ち向かう少女のように。

そのとき、道長は急に立ち上がり、紫式部を激しく罵《ののし》り始めた。

「何ということだ、紫式部。物書きとしてのおぬしを見出《みいだ》してやり、何不自由なく援助して後宮に送り出したのに。執筆のための邸も紙も墨も何もかも用意してやり、あらゆるものをくれてやったというのに――」

「黙れ、俗物！」と、清少納言が叫んだ。「先に盗んだのはあんたのほうだろう⁉」

「ぐ、ぐ……」

「さっきも言った通り、紫式部は最初からあんたが盗んだとわかっていた。わかっていて黙っていることしかできなかった。恩人だから。ただ黙って取り返した。物語の作者として当然の振る舞いじゃないの」

「ああ、清少納言。あなたは……」と紫式部が熱い息を繰り返している。

「けど、紫は今回も原稿盗難の犯人はあんただとは誰にも言わないでいた」

すると紫式部が一度目を閉じて、呼吸を整えた。目を開いた紫式部は静かに語り始める。

「そうです。私が土御門殿の道長さまの居間に忍び込み、奪われた『源氏物語』の原稿、次の帖『雲隠《くもがくれ》』全文の原稿を取り返したのです」

紫式部はまっすぐに道長を見つめていた。

その瞳が、さらに深い理由を示唆《しさ》している。

「紫。あなたは『雲隠』に何をこめたの？　光源氏の出家と死が描かれるはずの帖で、あなたが本当に言いたかったことは何？」

「それは……」

紫式部の瞳が初めて揺らいだ。清少納言は紫式部の顔の正面に回り込み、訴える。

「言いなさい、紫。あんたが本当は口で話すより言葉を書いたほうが饒舌《じょうぜつ》だってことはわかってる。——でも、いまは言うのよ。あんたの本心を。物語の叫びを」

清少納言の魂からの呼びかけが、紫式部の胸にかすかな火を灯《とも》した。その火は物語作者としての彼女の矜恃《きょうじ》とひとつとなり、喉からほとばしる。

「本当は、『幻』の帖を出すときに、『雲隠』も一緒に出すつもりでした。けれども、私は思ったのです——」

はたして光源氏に、出家をさせていいのだろうか。

あはれな生い立ちとはいえ、生来の輝くばかりの美貌で数多くの女性と契りを交わし、自らは快楽と権力をほしいままにした光源氏。

最愛の紫の上が、生前最後の願いとして出家させてくださいと頼んでも、自分のわがままで現世にとどまってほしいと出家を許さなかった光源氏。

紫の上以外にも多くの人の人生を狂わせ、惑わせてきた光源氏を、自分だけ静謐《せいひつ》な出家の境地に導き、救済を与えていいのか。

紫式部の下した答えは――否だった。

「紫、それは物語だけの話ではないのでしょ？」

清少納言が紫式部の心の隅々《すみずみ》まで覗き込むようにして尋ねる。

紫式部は涙を流したまま、頷いた。

「……ええ。この世で権勢をほしいままにし、権力闘争に生きている道長さま。あなたにも安住の境地はないと突きつけたかったのです」

彰子は、本来なら定子と従姉妹として仲のよい姫のままでいられたはずなのに、自らが主上の外戚《がいせき》となるために入内させた。

本人の意志など関係ない。

娘であっても政治の道具として使い、若くして政の重荷を背負わせた道長への、女としての紫式部のせめてもの反逆だった。

「紫式部……っ」

と道長が肩で息をしながら紫式部を睨みつけている。

「よく言った、紫。褒めてあげる。私からも言わせて」と清少納言が紫式部と道長の視線の間に入った。「道長。あんたは物語をただの権力闘争の道具として使った。紫式部の書いた、あんなにも壮麗な『源氏物語』を、主上の関心を集めて自分の娘のところへ足繁《あししげ》く通わせるためだけに利用した。同じ物書きとしてあんたのやり方は許せない」

「くっ……」

後宮を代表するふたりの才媛による論難に、道長は悔しげに歯ぎしりする。

一瞬、静寂が支配した母屋に紫式部の声が響いた。

「『雲隠』の原稿はすでに焼きました」

その無慈悲な報告に、男たちは色めき立つ。

「何だと⁉」

「ええっ⁉」

紫式部が未明の月のように冷たく微笑んだ。

「後宮の掃除で、私が火の番をしていたときに燃やし尽くしました。もはや、あの原稿は一文字たりとも残っていないでしょう」

脇息にもたれていた道長の目の底から、どす黒い炎が燃え上がった。

それは自らをも焼き尽くす怒りの炎——。

「紫式部ッ。許さんぞ。あれは、あの『源氏物語』は、もはやおまえひとりのものではない。主上や后を始め、都中、国中の男女が読んでいるッ。なかでも『雲隠』は最高だった。現世で戦う男への救済そのもので、不覚にも涙した。なのにその原稿を、勝手に焼却するなど、おまえは作者ですらないッ。ただの外道だッ」

道長が吠《ほ》えた。

清少納言は床を蹴《け》る。

怒りのままに道長が紫式部に辿り着くより先に、清少納言は道長の首根っこを摑んだ。

「道長ッ」と叫びながら、清少納言は道長をこちらに向かせる。

清少納言の平手が、音高く道長の頰を張っていた。

道長が啞然としている。

清少納言は猫のような目をきらめかせながら吠えた。

「言葉は、言葉にした部分だけが大事なのではないのよ。言葉にしていないところも、雄弁に語るもの」

そう言って清少納言は自らの『枕草子』の一節を誦《じゅ》する。

春はあけぼの。やうやう白くなりゆく、山際少し明かりて、紫だちたる雲の細くたなびきたる。

——春はあけぼのこそが美しいと思う。夜が明けて徐々に白くなっていくうちに、山際が少し明るくなって、紫がかった雲が細くたなびいているのは、とてもすてき。

「私が『春』は『あけぼの』がすばらしいと言ったら、みんなそう言い出したわ。物書きとしてはうれしかったけど――春は『あけぼの』だけなの？　花は？　蝶《ちょう》は？　小鳥のさえずりは？　童たちの歓声は？　動物たちの喜びの鳴き声は？　ぬるむ水の清らかさは？　頬撫でる風のやさしさは？　私が書かなかったものは、この世に存在しなかったことになるの？

そんなことないわ。世界はこんなにも輝いている。私が言葉にしてもしなくても、無限に光っている。私が書かなかった出来事が、私の知らないいきらめきが埋まってるのよ」

紫式部も則光も、頬を打たれた道長までも驚愕に目を見開いている。

「な、何を言っているのだ、おまえは……」

すべてを受け入れ、すべてが輝いていると信じる清少納言の心に、道長はついてこられなかった。則光も。たぶん、ついてこられたのは紫式部のみ。

「清少納言。そう、だからあなたは――」と太陽を直視するように眩しげに紫式部が声を震わせる。「中宮さまに褒められた自分の『枕草子』さえも否定して、その先に心を飛翔させることができるのね」

清少納言は、くすぐったいよと苦笑して収めた。

「私が言いたかったのは――。紫。あなたは『源氏物語』に最高の結末を用意したのよ」

「え？」と驚く紫式部を見ながら、清少納言は道長を解放する。

「『雲隠』は一文字もないからこそ人々の想いをかき立て、最高の一帖として語り継がれていくのよ」

清少納言が、紫式部の物語の未来を描いてみせた。夢見るような笑顔で語る姿は、紫式部以上に『源氏物語』を愛しているよう。

「清少納言。まさか私を、私の物語を、そこまで理解してくれていたなんて」

再び紫式部の目からきらめくような涙がこぼれる。

それは悲しみの涙ではなく、うれし涙だった。

道長はすっかり毒気を抜かれたような顔になり、則光もただただことの成り行きを見守るばかりである。

すると清少納言が衵扇をぱっと開いて口元を隠した。

「道長。あんたのやったことは許せない。けれどもあんたのさっきの叫びも、いとをかし」

「何だと」

「盗人《ぬすっと》にも三分の理とは言うけど、『雲隠』の原稿に涙したあんたの良心を信じてあげる。あんたも『源氏物語』の愛読者だったたって。出世に悪影響しかないのに、一刻も早く続きが読みたくて原稿を盗んだ。私も『源氏物語』は好きだから、心躍る期待はわかるからね」

「——だが、おぬしなら盗んだりしないというのだろう?」

「当たり前じゃない。続きが読みたくて焦れる日々もいとをかしだもの」

これが本当の愛読者というものだ。

「…………」

「そういうわけで道長さま。このことで今後騒ぎ立てしたら、あんたのやったことを洗いざらいぶちまけるからね。紫式部に害をなそうものなら、私だけではなく中宮さまも黙っていないと思いなさい」

道長ががっくりと首を垂らす。

清少納言はいつもの晴れやかな顔になると、紫式部を振り返った。

「というわけで、今回も後始末よろしく」

「後始末……?」

「だってさ、やっぱりこれで終わっちゃダメだよね、『源氏物語』」

清少納言が猫じゃらしを見つけた猫のような目で紫式部に持ちかける。

「え?」と紫式部。

「たとえば、薫《かおる》とかどうすんの、あの子。自分は光源氏と女三《おんなさん》の宮《みや》の子だと思ってるけど、どこかで出生の秘密に気づくって。父親が実は柏木《かしわぎ》で不義の子だったなんて知ったら、絶対まっすぐ育たないでしょ」

「そ、そんなことありません！」と紫式部が膝立ちになって反論した。「薫は自分の出生の秘密を知ってもけなげに、少し陰のある美青年に成長するのよ」

清少納言が肩をすくめる。

「うわっ、趣味丸出し。夕霧《ゆうぎり》なんて光源氏の子だけど、つまんない男になりそうじゃない？」

「違いますっ。夕霧は光源氏を反面教師としつつ、温かい家庭を築くのです」

……議論は一刻も続き、とうとう清少納言が声を上げて笑い出す。

「あははは――」

「な、何よ」と紫式部が肩で息をしていた。

「紫。物語作者として、あんたは『源氏物語』に最高の結末を与えてあげた。でも、まだ他の登場人物は物語の中で生きている。次の物語を、残っている登場人物たちの物語をちゃんと書いてあげないといけないと思わない？」

清少納言のその言葉に、紫式部はいまさらのように涙に濡れた頬を拭《ふ》き、衵扇を構え直す。そこにいるのは図書寮で道長の背後に隠れていた女でも、「一」も書けない振りをしている女でもない。

天から与えられた才を隠すことなく発揮する戦いに挑むひとりの人間。その目は清少納言の猫目に負けないほど、挑戦的に燃えていた。

清少納言は紫式部に手を差し出した。紫式部が怪訝な表情でその手を見る。

「ようこそ、紫式部。今めかしく美しく戦う女の世界へ」

紫式部はしばらくその手と清少納言を見比べていたが、最後には微笑んだ。

清少納言の差し出した手を握りしめ、紫式部は立ち上がる。

清少納言は、紫式部と共に道長を見下ろしていた。

「ごきげんよう、道長さま。このたびはご指名まことにありがとうございました。またのいとをかしき謎をお待ちしております」

優雅な一礼を残し、清少納言と紫式部は道長の邸をあとにした。

通りを走る童たちのはしゃぎ声がここまで聞こえてくる。


その夜、清少納言は定子に事の顚末を細かく報告した。

「お疲れさまでした。実に、いとをかしな結びでしたね」

と定子が評価する。その評価がとても高かったのは、定子が微笑んでいるのでわかる。

「はい」と清少納言は頷き、「これで道長の弱みも握れましたし」

「何か言いましたか」

「いいえ。紫式部に貸しができたのでちょっとうれしかっただけです」

「いい、おいたはいけませんよ?」めっ、と言う定子がとんでもなくかわいらしい。「それにしても道長さまも愚かですね。私の清少納言が出ていった段階で、ご自分の悪事がぜんぶ晒されると覚悟すべきでしたでしょうに」

定子が清少納言を評価してくれたことに、「いえ……」と、ぽんやりしてしまう。

「私も清少納言にこっそり『枕草子』を捨てられないようにしないといけませんね」

と悲しげに微笑む定子。清少納言は慌ててにじり寄った。

「そ、そのようなことは決して。それに中宮さまは大切な原稿を盗んだりしませんし」

「では試しに盗んでみましょうかしら。あなたの大切なもの」

と定子が小首を傾げて目を細める。つややかな髪が一筋垂れていた。

「いや、それは……」

「ふふ。冗談です。それに――私はあなたを信じているわ」

ああ、その言葉の何という深さ。美しさ――。

「私もです。中宮さま」

定子の想いに報いるために、ご覧に入れよう。世の美しきものを美しきままに。

御前を辞して夜の登華殿を歩きつつ、清少納言は懐から小さな紙片を取り出した。

それは先日、紫式部が焼いていたごみの炎から飛び出した紙の燃え残り。

月明かりに照らされた紙片には「雲隠」の文字があった。

清少納言はくせっ毛をくるくるやりながら、ひとりそっと微笑む。

「中身は一文字もなくても、この帖の名はきちんと伝えてあげないとね」

夜風がやさしい。清少納言は、自分の『枕草子』に書きつけた一節を呟いた。

五月の御精進のほど、職《しき》におはしますころ、塗籠の前の二間なる所をことにしつらひたれば、例ざまならぬもをかし。

――五月の精進の間、中宮さまが職の御曹司にいらっしゃる頃、塗籠の前の二間の所を特にしつらえているのが、いつもと違ってて何かすてきよね。

夜の空気を胸いっぱいに吸った。

明日は端午の節句だ。

かりそめの結び

端午の節句は華やかに終わり、清少納言は久しぶりに自分の局でゆっくりと『枕草子』を書き足していた。まとまった時間が取れたからたくさん書けるというわけでもないのが物書きの憂《うれ》いところであり愛《う》いところだった。

「清少納言さま」とみるこが呼ぶ声がした。

「はーい。何ですか」

「橘則光さまがお越しです」

清少納言はため息をついた。

「興が削《そ》がれた」

みるこの表情が曇る。「あ、申し訳ございません」

すると、清少納言の隣に文机を並べていたもうひとりの女房が、凛《りん》とした表情をした。

「みるこが謝る必要はありません。興が削がれたなどと言っていますが、さっきから見ていれば清少納言はまともに字を書いてもいませんでしたから」

と、内実を暴露してくれたのは誰あろう、紫式部だった。

清少納言の頰がひくつく。

「紫ちゃん。ここは登華殿の私の局。何だってあんたが入り浸って原稿を書いてわがもの顔で振る舞っているのよ」

するると紫式部が筆を休め、迷惑そうに顔をしかめた。

「せっかくいいところだったのに……。私がここにいるのは、第一に藤壺の私の局で執筆していてはまた原稿が盗まれるかもしれないから。第二に清少納言が何をしでかすかわからないから」

「最初の理由、道長はまだ懲りてないの？」

「あの人は変わらないわよ、よくも悪くも。今日も元気に権力闘争。明日もせっせと権謀術数。あなたのことだって自派に引き入れるのをあきらめてない」

「……口が悪くなったわね」半分褒め言葉である。

「誰かさんの薫陶の賜物《たまもの》でしょう」

清少納言の前だけかもしれないが、図太くなった。よい傾向だと思う。

「人のせいにするのはよくないわよ。しかも、私が何をしでかすかわからないってどういうことよ」

「その通りの意味です。何か後宮で騒ぎがあるとだいたいあなたが絡んでいて、そのたびに私はあなたを捜し回っていましたが、気づいたのです。最初から清少納言のそばにいればいつでも捕まえられるのだ、と」

「どうして私が捕まえられなきゃならないのよ」

と清少納言が腕を組むと、なぜか紫式部が頰を赤くした。

「私には責任がありますもの。だって、あなたは……私の相棒なのですから」

訊いた清少納言のほうがこそばゆくなってきた。

「ま、まあ、いいわ。好きに使いなさい。光源氏の出家と死が描かれるはずだった『雲隠』を帖名だけで終わらせてしまったことへのごうごうたる非難から逃げてると素直に言いなさいな」

紫式部が動かなくなった。

図星なのだ。

清少納言は一文字も本文のない「雲隠」を物語の締め方としてはすばらしいと賞賛したが、最終的に本当に一文字もなしでいくかは作者の責任において決めなければいけない。

それはそれ、これはこれ、だった。

道長ではないが、熱狂的な愛読者から追いかけ回されたらしい。

帖名だけで締めくくった美しさが理解されるにはもう少し時間がかかるようだった。

「ところで、清少納言。あなた、どうして『枕草子』という題名をつけたの？」

と紫式部が強引に話題を変える。

「図書寮で私たちが最初に会ったとき、私、『史記』を持ってた道長に言ってやったのよ。いい枕ですことって。そしたら、枕に使えそうな白紙の分厚い本を送ってきたの」

紫式部がため息をつく。

「ばかにされたと思ったんでしょうね。道長さまが持っていたのは『史記』――だから敷《しき》物《もの》、寝床に用いる敷栲《しきたえ》。そこから転じて枕。ただのシャレだというのに」

「さすが紫ちゃん。これがわかったのは中宮さまに次いでふたりめよ」

と清少納言が褒めると紫式部がかすかにはにかんだ。

「あなたはその白紙の本を中宮さまからもらい受け、『枕草子』を書き始めた。……出典は白居易の漢詩？」

紫式部の頭の冴え、いとをかし。

「そう。香炉峰の雪を詠んだ白居易の漢詩の『白頭の老監、書を枕にして眠る』――《白髪頭の老いた秘書監たる私は、書物を枕にして昼寝する》ね。中宮さまが私に白紙の本を委ねたとき、枕のように身近に置いて気づいたことを書き留めておきなさい、というのがその真意と私は捉《とら》えたの。だから『枕草子』」

清少納言の答えを聞いて、なぜか紫式部がうっとりしている。

「そういう教養あるやりとり、憧れてました」

そうだろう。清少納言には最初からわかっていた、否、解けていた謎だった。

「たまには話が合うわね。紫ちゃんに面と向かって言えるほどでもないけど、私、文章を書くのが好きなのよね。対象を好きなだけ書けて、好きなだけ愛《め》でられるから」

「ふふ。まるで雛遊びの人形のようね。でも、あなたはそれらを文章に書き留めて、永遠の輝きを持たせようとしている」

だんだんこそばゆくなってきた。

「あー、やめやめ！　そんなふうにして私は『枕草子』を書いてるの」

「ますますここにいるのが楽しくなってきたわ。私も負けないように『源氏物語』の続きを書かせてもらおうっと」と紫式部が清少納言に微笑みかけた。

「どうぞどうぞ。どうせ藤壺には友だちがいないんだろうし」

これは、照れ隠しの付け加えだったのだが、紫式部の肩が震え始める。筆先からぽとりと墨が落ち、原稿を汚した。

「せーいーしょーうなーごーん……っ」

睨む紫式部の目尻に涙が浮かんでいる。

「どうしたのよ、紫ちゃん。ほら、笑顔笑顔。ね？」

「大きなお世話です！　私、やっぱりあなたが嫌いです！」

「えーっとこれは……そう、則光のせい。あはは。ぜんぶあいつが悪い。だからちょっといじってくるわ。みるこ、行くわよ」

清少納言はくせっ毛をいじりながら、足早に逃走した。

清涼殿のいつもの局に行くと、例によって例のごとく、則光がのほほんと座っている。

「やあ、清少納言」

「今月は端午の節句も終わったのだから、身を入れてお仕事をされたらどうですか」

「まあ、ぼちぼちやっているよ」

みるこが水を持ってきた。一口飲んで、清少納言は尋ねる。

「男の政のほうでは、道長はどうしているの？」

「それを俺に訊くのかよ」と則光が情けない声を出す。「とりあえず、目を合わせてくれないのだけど」

清少納言は思わず声に出して笑ってしまった。

「あはは。それはそうよ。あんな、人生最大の汚点みたいな瞬間に居合わせたんだもの」

「俺なりにお近づきになっておきたかったんだけどな」

「歌もできないあんたが立身出世でがつがつするのは似合わないからやめておきなさい」

則光がますます情けない顔になった。

「……まあそれはそれとして、道長さまはあれから紫式部どのへの態度を改めたのかな」

「微妙ね。ま、次に何かしたら私が熨斗《のし》つけて千倍返しで仕返ししてやるから」

「紫式部どのもこれで安心だな」

と則光が言うと清少納言は、うんざりしたような顔になった。

「私の局に入り浸ってくれなければ、こっちも安心なんだけど」

「……紫式部どのがおまえの局に？　何で？」

「だって、書かなきゃいけないでしょ。『源氏物語』の続き」

「ああ、なるほど」と則光も笑った。「おまえもいい友だちができたんだ……ぐふっ」

みなまで言わせず、清少納言が衵扇を則光のみぞおちに投げつけた。

「くだらないこと言うな。紫ちゃんは天敵」

則光が投げつけられた衵扇を差し戻す。

「冗談、冗談だって。――あ、雨が降ってきたな。気が滅入《めい》ることだ」

と則光が少しうんざりしたような声になる。

「何を言っているの。雨のあとの虹は神秘的でとてもすてきよ？　そんな虹を生み出す雨もきらきらしていてすてきじゃない」

清少納言は、降り始めた外の雨音に耳を傾けた。やさしい音が少しずつ力強くなっていくのは、生命の鼓動そのものに感じられるではないか。

「やっぱりおまえの話は難しいや」

「そんなことはないわ。御仏は天にあり、すべて地上はいとをかし」

ワカメを口いっぱいにしたような顔の則光には、この感じ方は厳しいようだ。仕方がな

いので用件を促すと、

「実はな、またちょっとあやしげなことを耳にして」

清少納言は袙扇で口元を隠し、いつでも局をあとにできる体勢になりながら、

「何かまたあったの？」

「道長さまが今度は中宮さまの兄・伊周さまによからぬ企てをしている噂があって」

またとんでもない話がやってきた。

すまじきものは宮仕え。

されど、いとをかしきも宮仕え。

だから、『枕草子』にもこう書いた。

宮仕へ所は　内裏《うち》。后《きさい》の宮。その御腹《おはら》の、一品《いっぽん》の宮など申したる。

――宮仕えする場所は内裏。后のお側。それもダメなら后のお産みになった一品の宮など申し上げるお方のあたりなら、楽しいことが潜んでいるかもしれないから。

清少納言は絢爛たる笑顔で立ち上がった。そばのみるこに紫式部を大至急呼んでくるように命じる。

「その謎――いとをかし」

本書は書き下ろしです。

〈著者紹介〉

遠藤 遼（えんどう・りょう）

東京都生まれ。東京学芸大学教育学部卒業。2017年、『週末陰陽師～とある保険営業のお祓い日報～』でデビュー。著書に『平安あかしあやかし陰陽師』、『平安後宮の薄紅姫』、『平安・陰陽うた恋ひ小町　言霊の陰陽師』、『新米パパの双子ごはん』、『平安後宮の洋食シェフ』、『王立魔術学院の《魔王》教官Ⅰ』など多数。

平安《へいあん》姫君《ひめぎみ》の随筆《ずいひつ》がかり　一

清少納言《せいしょうなごん》と今《いま》めかしき中宮《ちゅうぐう》

2022年2月15日　第1刷発行　　定価はカバーに表示してあります

著者……………………遠藤《えんどう》 遼《りょう》

©Ryo Endo 2022, Printed in Japan

発行者……………………鈴木章一

発行所……………………株式会社 講談社

〒112-8001 東京都文京区音羽2-12-21

編集03-5395-3510

販売03-5395-5817

業務03-5395-3615

KODANSHA

本文データ制作……………講談社デジタル製作

印刷……………………豊国印刷株式会社

製本……………………株式会社国宝社

カバー印刷………………株式会社新藤慶昌堂

装丁フォーマット…………ムシカゴグラフィクス

本文フォーマット…………next door design

ISBN978-4-06-526745-5　N.D.C.913　319p　15cm